btb

Buch

Eri ist 22, heißt eigentlich Augusta und wohnt in einer Penthousewohnung im 12. Stock. Ihre Mitschülerinnen nannten sie boshaft »Eritrea«, weil sie mit 13 so dürr war. Der Spitzname blieb, auf die ersten Silben verkürzt. »Eri sieht passabel aus, findet ihre 156 cm etwas zu klein, mag Pistazieneis und lustige Filme, bevorzugt schwarz-weiß. Lacht selten, außer wenn sie irgendwo das Wort Notarzt hört.« Das hat mit den letzten Worten ihres Vaters zu tun. »Ruuuf den Notar«, hatte der auf dem Sterbebett geröchelt, und es hatte eine Weile gedauert, bis die Tochter dahinterkam, »daß für das z und das t seinen Lippen keine Spannkraft geblieben war«. Eri arbeitet als Putzfrau in einem Pornokino. Dort hat sie sich in Angelo verliebt, aber der ist ein Stricher und »schwul bis in die Zehennägel«. Also muß sie ihre Jungfräulichkeit irgendwie anders verlieren. Aber gilt ihre Sehnsucht nicht viel eher dem Silberfräulein aus der Fußgängerzone?
Eine leidenschaftliche Liebesgeschichte zwischen zwei Frauen, zwei Männern, noch mehr Frauen, noch mehr Männern – und einer Leiche.

Autor

Helmut Krausser, Jahrgang 1964, aufgewachsen in München, lebt derzeit in Berlin. Zuletzt erschien von ihm sein Roman »Die kleinen Gärten des Maestro Puccini«.

Helmut Krausser bei btb:

Thanatos. Roman (72255)
Eros. Roman (73675)

Helmut Krausser

Kartongeschichte

btb

FSC
Mix
Produktgruppe aus vorbildlich bewirtschafteten Wäldern und anderen kontrollierten Herkünften
Zert.-Nr. GFA-COC-1223
www.fsc.org
© 1996 Forest Stewardship Council

Verlagsgruppe Random House FSC-DEU-100
Das für dieses Buch verwendete FSC-zertifizierte Papier *Munken Print* liefert Arctic Paper Munkedals AB, Schweden.

1. Auflage
Genehmigte Taschenbuchausgabe Januar 2009,
btb Verlag, München, in der Verlagsgruppe Random House GmbH

Umschlaggestaltung: semper smile, München
Umschlagmotiv: Lars Langemeier/A.B./zefa/Corbis
Druck und Einband: CPI – Clausen & Bosse, Leck
MM · Herstellung: BB
Printed in Germany
ISBN 978-3-442-73847-2

www.btb-verlag.de

Vor etwa hundert Jahren hätte an dieser Stelle der Erzähler im Stummfilmkino dem Mann (oder der Frau) am Klavier einen Wink gegeben. Mann (oder Frau) am Klavier hätten einen elegisch-melancholischen Akkord gespielt, B-moll 7 vielleicht, und auf der Leinwand wäre mit fett verzierter Schrift, umrahmt von einer Art Jugendstil-Trauerrand, das Wort *Gewitter* verkündet worden. So kann man das, wenn man kaum Geld für *Special Effects* übrig hat, immer noch machen. Das Publikum liest *Gewitter* – und weiß sofort Bescheid. Wer immer Sie sind, gehen Sie bitte, wenn es Ihre Zeit erlaubt, zum nächstgelegenen Tasten- oder Saiteninstrument (ideal wäre eine kleine, nicht perfekt gestimmte Orgel) und steuern Sie einen B-moll-7-Akkord bei, dazu ist wirklich keine Ausbildung nötig – und stellen Sie sich, von einer elektrischen Harfe leicht verzerrt gespielt, mit halligem Wah-Wah-Effekt, ein Glissando vor, bis hinauf zum dreigestrichenen F wie Fiasko, Fanfare oder Familiendrama.

I

Regen trommelte aufs Dach der Penthousewohnung, als Eris Vater starb. *Ruuuf den Notar,* so seine letzten Worte, er richtete sich noch einmal auf, röchelte, preßte beide Hände auf sein Herz und verschied.
Ruuuf den Notar. Mitten in der Nacht.
Wozu hatte er einen Notar haben wollen?
Als Eri dahinterkam, daß für das z und das t seinen Lippen keine Spannkraft geblieben war, lachte sie laut. Und schämte sich. Preßte beide Ohren in ein Kissen, um dieses hallende, gespenstische Lachen nicht mehr zu hören.

Augusta kam grob versehentlich zur Welt, als Folge eines verzweifelten Geschlechtsverkehrs, während im Kofferradio Hindemith lief. Der Vater verließ ihretwegen die Mutter, die Mutter hatte noch lange nicht genug gelebt, hinterließ die Tochter bei Englischen Fräulein, die gaben ihr den Namen des aktuellen Monats, das alles ließe sich liebevoller erzählen.

Eri haßte Telefonate nicht grundsätzlich. Sie wollte nur das klobige alte Telefon nicht berühren, mit dem ihr Vater während seiner Krankheit Kontakt zur Außenwelt gehalten hatte. Mit dem er auch, insgesamt siebenmal, jeweils betrunken, über die Innenseiten ihrer Schenkel strich. Zuletzt, als er Eris Mutter bat, ihm beim Hinsiechen zuzusehen. Nein, Schlimmeres ist nie passiert. Der weinrote Hörer strich über die Unterschenkel der am Krankenbett wachenden Eri, während aus dem Hörer eine krächzende, vom Leben enttäuschte Frauenstimme stundenlang die Schlechtigkeit der Welt verfluchte. Und erst in Schweigen verfiel, als Eri den Hörer ans Ohr hob und *Mama?* flüsterte.

Welt, als kandierter blauer Apfel gedacht.
Der sentimental gewordene Vater, der sie suchte und, als sie dreizehn war, in die Großstadt holte, in die ererbte, eindruckschindende Penthousewohnung. Er, eine krisengeschüttelte Seele, depressiv, talentlos, aus Gesundheitsgründen frühpensioniert, wollte ihr nichts Böses. Tat ihr auch Gutes. Wer will das gegeneinander aufrechnen?

Mit vierzehn wurde Augusta von erfrischend humorvollen Mitschülerinnen umbenannt. Sie wog 38 Kilo, erbrach sich öfter, als sie aß. Einige Mädchen beneideten sie insgeheim.
Ihr Vater stellte Kokoskekse und stark stärkehaltige Ein-

töpfe auf den Tisch. Kalorien nahm Eri nur in Form von Cola gerne zu sich. Ihre schulischen Resultate blieben mittelmäßig, unabhängig vom Körpergewicht. Einmal verliebte sie sich, schmachtete dem jungen Kapitän der Badmintonmannschaft hinterher, was dieser nicht bemerkte, die Liebe ging an beiden spurlos vorüber. Manche junge Menschen haben viel erlebt. Über Eris Jugend ist das Wichtigste erzählt.
Daß sie ihren Vater zu mögen beschloß, nur, weil er an Diabetes und Atemnot litt, könnte ausgeschmückt werden. Muß aber nicht.

Nach wenigen Jahren hatte sich Eritrea an ihren boshaften Spitznamen gewöhnt.
Sie trennte die letzten beiden Silben ab, wollte Eri gerufen werden, Eri klang zauberhaft androgyn, hell und geheimnisvoll, ein wenig nach Ferien, jüdisch-orientalisch wie Ari und Uri, amerikanisch wie der Erie-See, prickelnd, dennoch schlicht.
Bald verwischte sich das Motiv jener Namensgebung, inzwischen würden nur allerälteste Freundinnen die Silbe noch mit der überwundenen Magersucht in Verbindung bringen. Genaugenommen hatte Eri nach Erlangung der mittleren Reife alle Freundinnen, die alt oder älter genannt werden konnten, aus den Augen verloren.

An jedem zweiten Abend draußen auf der Terrasse des Penthouse im 12. Stock hakte sie ihr bisheriges Dasein ab, versprach sich neu einem Leben, das pünktlich am nächsten Morgen beginnen und anders, völlig anders verlaufen sollte als das vorherige. Sie liebäugelte mit Volkshochschulkursen, konnte sich aus dem riesigen Angebot nie für etwas entscheiden, gar begeistern, wollte auch nie mehr in Klassenzimmern sitzen, konnte Anhäufungen von Menschen nicht leiden.

Ein Kompromiß aus Zielen und Ängsten war ihr Halbtagsjob im Museum. Riesige, wohltemperierte Hallen voll uralter Kunst, die kaum jemanden interessierte. Hin und wieder die aufdringliche Kollegin Chantal, die nicht aussah, wie man sich eine Chantal vorstellt. Viel zu viel Brille, Hüftleiden und dritte Zähne.

Chantal (Halle 7, Frührenaissance) wurde aus Eri nie schlau. Geheimnißte viel in sie hinein. Ging ihr auf die Nerven, spätestens sobald das Gespräch auf Männer kam. Eri hätte gern einmal bei einem Mann gelegen. Damit das erledigt war. Sie hätte Chantal sogar davon erzählt. Erlebtes zu erzählen ist natürlich. Ebenso natürlich fand sie es, über Nichterlebtes zu schweigen. Chantal, wenn man nach ihrem Aussehen ging, erlebte wohl auch nicht sehr viel, redete darüber aber pausenlos.
Wenn Eri masturbierte, dauerte es Stunden, denn weder

konnte sie sich auf ihren Körper konzentrieren noch an etwas Erotisches denken, ohne sich damit abzulenken.

Per Schnellvorlauf ins Präsens.
Eri auf der Südterrasse ihrer Wohnung. Barfuß im Pyjama. Sie wiegt jetzt 49 Kilo, fast 347 Gramm pro Zentimeter Körpergröße. Lachsfilet in Kräutersenfsauce heißt momentan ihr Lieblingsgericht. Ob sie hübsch ist? Hübsch? Die Frage hat sie sich nur einmal zu stellen gewagt, während jener so einseitigen und folgenlosen Schulromanze. Die Antwort damals: eher nein. Eine subjektive, der Bulimie zuzuschreibende Antwort. Eri sieht passabel aus, findet ihre 156 cm etwas zu klein, mag Pistazieneis und lustige Filme, schwarz-weiß. Lacht selten, außer wenn sie irgendwo das Wort *Notarzt* hört.
Lachen sei ein lautes Staunen. Hat sie auf einem Kalenderblatt gelesen. Sie staunt lieber leise.

Die pfirsichrote Katze heißt Frida, in etwa fünf Jahre alt. Eri hat sie aus einem Vorgarten gestohlen. Frida soll ein Leben wie eine ägyptische Göttin genießen, damit Eri keine Gewissensbisse mehr hat. Frida ißt sehr gerne Lachsfilet ohne Kräutersenfsauce.
Die Kräutersenfsauce ißt Eri dann gerne mit Bandnudeln. Oder auch Basmatireis.

Nochmal Imperfekt. Wichtiges ist vergessen worden.
Nach dem Tod des Vaters schloß Eri das Sterbezimmer ab und versteckte den Schlüssel im Kühlschrank. Nur zweimal im Jahr wurde der Raum von Staub befreit.
Die Mutter, vielleicht noch in Argentinien, vielleicht längst sonstwo, suchte zur Tochter keinen Kontakt, wie all die Jahre zuvor. Es gab kein Telefon mehr in der Wohnung. Gäste kamen nie. Außer, einmal, der Klempner. Das war nicht zu vermeiden gewesen.

Plötzlich stand Chantal vor der Tür. Sie hatte nach Feierabend Eri heimlich verfolgt und grinste ihr breit ins Gesicht. Zeigte eine Flasche Blue Curaçao, als wäre ihr Treiben damit entschuldigt. Sie wurde murmelnd hereingebeten, fortan änderte sich vieles. Eri bekam Neid zu spüren. Wie könne sie eine so tolle Wohnung haben, ganz für sich allein, wo man darin doch diesen herrlichen Rundblick habe, auf die halbe Stadt? Eri fand keine passende Antwort auf die unpassende Frage. Chantal brachte Carol mit, Carol brachte Tanja mit, Tanja brachte ihren jeweiligen Freund mit, jedesmal einen anderen. Fuzzi, Dingsi, Bumsi, und John. John war der einzige, an dessen Namen sich Eri lange erinnern würde.
John rüttelte an der Tür des väterlichen Sterbezimmers, wohin er sich mit Tanja nach einigen stärkenden Getränken zurückziehen wollte. Eri verwies ihn strikt der Wohnung, lauter als sie sich selbst je gehört hatte. John,

schwer betrunken, aber selbst nüchtern nur Abschaum, schnappte sich beleidigt die pfirsichrote Frida und schmiß sie aus dem zwölften Stock. Er wußte, daß so etwas laut geltendem Gesetz allerhöchstens als Sachbeschädigung geahndet wird. Außerdem waren ihm Katzen zuwider; Tanja war dementsprechend eher hündisch veranlagt, und mehr muß man über die beiden nicht wissen.

Von der Natur ist es wundersamerweise so angelegt, daß Katzen, die aus dem vierten oder fünften Stock geworfen werden, weniger Überlebenschancen haben als solche, die etwa aus dem achten oder neunten Stock geworfen werden, da erstere nicht rechtzeitig die für ihr Überleben optimale Flughaltung einnehmen können. Dennoch verläuft ein Sturz ab dem zehnten Stockwerk üblicherweise für jede noch so geschickte Katze tödlich. Daß Frida außer einem Trauma kaum einen Kratzer davontrug, mochte an dem prächtig blühenden Ziergebüsch liegen, das ihren Aufprall glücklich abgedämpft hatte. Eri hingegen glaubte an ein Wunder. Ein schönes, erhabenes Wunder. Ein Zeichen, von irgendwoher. Ein Küßchen aus dem Himmel.
John hatte seine Racheressourcen ausgeschöpft und kam nicht wieder. Selbst Tanja suchte sich einen anderen, sanfteren Freund. Auf diesen Aspekt reduziert, bewirkte die Episode zuletzt sogar Gutes.
Nur Chantal kam nochmal wieder. Es täte ihr alles so leid. Eri akzeptierte die Entschuldigung, doch eher widerwillig,

beinah dazu genötigt. Ihren Broterwerb im Museum gab sie indes auf und verlor jeglichen Kontakt zur Kunst.

Nun endgültig Präsens. Eri, seit gestern zweiundzwanzig, überdenkt ihr Leben. Sortiert Stellenanzeigen. Der Lohn ist sekundär. Was zählt: halbtags unter Menschen sein, nicht zuvielen, wenig mündlicher Verkehr, Klimaanlage. Sie spricht dem Chef eines Pornokinos vor. Versehentlich, weil dessen Anzeige sehr kryptisch formuliert war.
Bleiben Sie doch mal hier, sagt der, *bleiben Sie doch mal hier.* Er streichelt den kahlen Schreibtisch. *Für die Stange sind Sie ja eher nix.*
Was will der Mensch damit ausdrücken? Ein Kompliment, eine Beleidigung? Sie weiß nicht, was er mit *Stange* meint. Neugierig geworden, bleibt sie sitzen. Und bekommt, in überraschend höflicher Form, einen Job als Putzkraft angeboten.
Vielerlei spielt sich ab in ihrem Kopf. Gedemütigt, beleidigt und wütend, verstört und auch ein wenig trotzig unterzeichnet sie den Arbeitsvertrag.

Morgens zwischen acht und zehn die Videokabinen putzen, bevor das Etablissement öffnet. Die Behälter mit den gebrauchten Taschentüchern leeren. Neue Taschentücher bereitstellen. Die Sitze putzen. Mit Eimer und Mop den Boden wischen. Den großen Kinosaal (Hetero) wie auch den kleineren (Homo) von Abfällen befreien.

Aschenbecher leeren. Die Toiletten säubern. Die stählerne Stange im Hetero polieren, an der sich die Nackttänzerinnen beim Strippen festhalten. Die Kinoleinwand dahinter abstauben, ebenso die rotierenden Scheinwerfer. Zwei Stunden Arbeit für recht gutes Geld. In relativer Einsamkeit. Klimaanlage funktioniert. Außer Eri arbeitet morgens hier nur der große schwarze Mann, der für die Bar Getränkevorräte auffrischt. Er heißt Jonas, ungewöhnlicher Name, findet Eri, für einen Schwarzafrikaner. Sie hat ein wenig Angst vor ihm, obwohl er stets freundlich ist, fast übertrieben freundlich, um nicht zu sagen galant. Um zehn kommt Harry, ein korpulenter Glatzkopf mit Silberringen in den Ohren. Harry hat die Schlüsselgewalt über die Kasse. Es folgt die Frühschicht der Tänzerinnen, eine aus Jamaica, eine aus Polen. Wenn der Laden für die Kundschaft öffnet, schlüpft Eri durch die Hintertür ins Freie. Am Vordereingang stehen bereits ein paar alte Männer, die für wenig Geld den ganzen Tag im Pornokino verbringen werden, in parfümierter Dunkelheit mit zwei Freigetränken. Was für ein Leben muß das sein?
Fragt sich Eri und ist sich nicht sicher. Ein klösterliches? Ein geordnetes?
Jede halbe Stunde wird der Film im großen Kino unterbrochen, für einen Strip von etwa zehn Minuten Dauer. Eri würde sich das gerne mal ansehen und weiß nicht, wie. Sie weiß jetzt wenigstens, wie getrocknetes Sperma riecht. Es ist nicht so, daß sie diese Arbeit unbedingt brauchte.

Ebendeshalb gefällt sie ihr. Sie hat auch mal ein Geldstück eingeworfen, in einer der Videokabinen, und glaubt, nun etwas über Sex zu wissen. Harry hat ihr geflüstert, daß Jonas schwul sei. Sie müsse keine Angst vor ihm haben. Er, Harry, sei hingegen nicht schwul. Ob er das als Drohung meint? Er hat es so dahingesagt.
Alles in allem fühlt Eri sich wohl hier. Ab und an kommt es zu einem kurzen Gespräch mit der kaffeebraunen Jamaicanerin, die sich Zoe nennt und nach ihrer emigrierten deutschen Urgroßmama Veilchen heißt. *Vailschn.* Was es alles gibt.
– *Glaub ich nicht, zeig deinen Paß!*
– *Da zieh ich mir hier regelmäßig aus, nackt bis auf ein paar Schamhärchen, und dann muß ich auch noch meinen Paß zeigen!*
Usw.
Es sind banale Gespräche, bestehend aus fahrlässigem Geschwätz und einem Düftchen weiter Welt.

Der Besitzer, der selten vorbeikommt und Eri an jedem Samstag cash bezahlt, äußert sich über ihre Arbeit zufrieden.

Manchmal steht bei den alten rotnasigen Männern ein noch junger Mann am Eingang, von elfenbeinfarbener Haut und verschatteter Schönheit. *Istn Stricher*, sagt Jonas, den sie danach gefragt hat. Ob das nicht ungesetzlich sei?

Toilette geht niemanden was an, sagt Jonas und grinst. Es erregt Eri, in diesem Sündenpfuhl zu arbeiten. Und ekelt sie zugleich.
Wenn sie die Stange der Tänzerinnen besprüht und poliert und sich ganz unbeobachtet fühlt, tanzt sie. So, wie sie glaubt, daß Zoe, Veilchen, oder Janina tanzen. Janina, so heißt die schlanke bleiche Polin, die nur Polnisch spricht, sonst nichts. Eri tanzt. Bricht nach wenigen Schritten ab, im Ohr die entmutigenden Worte des Besitzers:
Für die Stange sind Sie ja eher nix.

Von Natur brünett, färbt sie seit letzter Woche ihr kurzes, glattes Haar mit einem dezenten Kupferton. Es sieht gut aus. Von Kabinenfilmen dazu inspiriert, rasiert sie sich im Intimbereich. Das Verruchteste, was sie im ganzen Leben getan hat, abgesehen vom dreisten Diebstahl Fridas, aber das geschah spontan, unüberlegt. Eri schämt sich voller Wollust vor dem Badezimmerspiegel. Frida kommt und schnuppert am Rasierschaum. Rümpft die Nase.
Eri muß ausruhen, muß sich zurechtfinden mit all dem Neuen. Zuviel ist passiert, Ungeheuerliches geht vor.
Sie fühlt sich hingezogen zu dem jungen Mann mit den Locken und der elfenbeinfarbenen Haut, zu jenem Stricher, der im einen Moment schwindsüchtig aussieht, im nächsten wie ein gewaltbereiter Anarchist des späten 19. Jahrhunderts.
Ob sie ihn ansprechen soll? Lieber riskiert sie einen Brief,

den Jonas ihm bei passender Gelegenheit zustecken wird. Zu Jonas hat sie inzwischen Vertrauen gefaßt.

Ein kurzer, schlichter Brief.
Ich heiße Eri und mache hier sauber. Du gefällst mir.
Sie ist entsetzt über ihren Wagemut. Andererseits scheint nichts dabei, und der Adressat ist, was Begierde angeht, ein Profi, der mit sowas umgehen kann. Bestimmt.

So kommt es, daß Eri und der bleiche junge Mann namens Angelo mittags im Café einander gegenübersitzen. Das könnte so romantisch sein.
Angelo, oder wie immer er wirklich heißt, gibt sich eher pragmatisch. Ihre Wünsche solle sie ihm nennen, ohne Tamtam und Gefloskel. Eri hat längst allen Mut verloren. Steht auf, flüchtet und zwingt den jungen Mann, beide Cappuccinos zu zahlen. Sie fühlt, daß das nicht Rechtens ist, trifft ihn auf der Straße nochmal, steckt ihm einen Geldschein zu. Erregt so sein Interesse, denn Angelo ist von der Welt bislang nur Schlechtigkeit gewohnt. Mehr als sein Interesse erregt sie jedoch nicht, Angelo ist schwul bis in die Zehennägel, und die Aussicht, selbst gegen Geld, mit Eri zu vögeln, birgt für ihn allenfalls den Reiz der kundenbetreuenden Grenzerfahrung.
Eri fragt sich, wie sie ihren rasierten Intimbereich verwenden soll, bevor er wieder zuwachsen wird. Ihr Leben droht tragisch zu scheitern. Man kann es, man muß es so sagen, sagt sie sich.

Andererseits – sagt sie sich dann –, wahrscheinlich wäre jemand wie Angelo, der es tagtäglich alten bis halbtoten Männern mit Hand und Mund besorgt, Männern, die vierzig Jahre oder noch älter sind, recht froh, ein Leben wie meines zu führen, das allzu tragisch demnach nicht genannt werden darf.
Unter Zuhilfenahme grob bürgerlicher Überlegungen sowie all dessen, was sie unter Relativitätstheorie versteht, läßt sie ihr Selbstbewußtsein wie einen Papierdrachen steigen. Nutzt leider nichts.
Zwar schunkelt der Drachen auf Halbmast im Wind. Feuer speit er deshalb nicht. Das Feuer fehlt. Mit jedem Tag ein wenig mehr.

Morgens, wenn Eri zur Arbeit fährt, zwei Stationen mit der Trambahn, betrachtet sie durch die dreckigen Fenster eine große, lebensgierige Stadt, in der sie selbst ein Fötus ist. Der geboren werden will, hinausgepreßt, aber sanft.
Blumen zu kaufen, bei der Blumenhändlerin am Hauptbahnhof, ist ein äußerst sanfter Anfang.
– Bist du vielleicht eine lesbische Blumenhändlerin?
– Nein, tut mir leid, nein.
– War nur ne Frage. Vielleicht, dachte ich, bin ich ja lesbisch, weil ich mich nicht so einfach verschleudern kann. Es gäbe weißgott genügend männliche Wesen, die froh wären um sowas wie mich. Und weil ich dennoch so derart wählerisch bin, und das in meiner Situation, dachte ich vielleicht, daß

ich lesbisch sein könnte. Wenn du lesbisch wärst, dachte ich, wäre das ganz gut, denn du bist von angenehmer Gestalt, dein Gesicht ist regelmäßig und hübsch, und das ständige Blumenkaufen hat mich ein wenig an dich gewöhnt, weißt du?

– An deiner Stelle würde ich mal eine Therapie machen.

Der ganze Dialog, samt süffisantem Ende, ist Eris Phantasie entnommen, keine Silbe davon ist je von Atem unterlegt gewesen oder von irgendeinem Ohr in meßbarer Lautstärke vernommen worden.

– Die Rosen bitte.

– Die gelben?

– Ja.

So verlaufen Eris Dialoge mit der Blumenhändlerin in der Wirklichkeit. Einsamkeit fördert die Vorstellungskraft. Umso kräftiger wirkt die Realität.

Angelo steht, Gesichtsausdruck halb Sack, halb Asche, an Eris Wohnungstür. Um Geld zu leihen.

Ich werde bedroht, ich bin süchtig, ich hab nen großen Deal am Laufen. Es ist überhaupt nichts Originelles dabei.

Eri gibt ihm, ohne nachzudenken, Geld, das sie nie wiedersehen wird. Angelo ist so anbetungswürdig.

Auch ihn wird sie vermutlich nie wiedersehen. Sie hat ihm das Geld gegeben, letztlich, damit er für immer verschwindet. Damit sich ihre erotische Phantasie von jenem realen Zugriff irgendwann erholen kann.

Seltsam, denkt sie, daß man einen so harten Schnitt machen muß, wo so wenig gewesen ist.

– *Ich bin im Filmgeschäft.*
– *Ehrlich?*
– *Naja.*
– *Was denn genau?*
– *Porno. Hardcore.*
– *Eeecht?*

So ein weiterer imaginärer Dialog, den Eri mit der Blumenhändlerin führt. Warum sagt die Blumenhändlerin *eeecht* mit drei e? Klingt beleidigend. Eri wird wütend. Wenn sich die eigene Phantasie gegen einen stellt, was bleibt da? Und Frida hat seit Tagen Durchfall. Warum? Warum kann das Leben nicht einfach schön sein, wenn schon nicht schön, dann wenigstens einfach?

Mauerblümchen sind von allen Blumen die wichtigsten. Liest Eri in einem Lebensberatungsmagazin für dümmliche Frauen. Denn:
Nirgendwo sonst wirken Blumen so schmückend wie an kahlen farblosen Mauern.
Erbost liest sie weiter. Das Lebensberatungsmagazin ist schließlich schon gekauft.
Sind Sie ein Mauerblümchen? Wollen Sie sich in eine prachtvolle Mauerblume verwandeln?

Und ich, denkt Eri, habe jenes Lebensberatungsmagazin für dümmliche Frauen auch noch unterstützt! Die Welt, wie immer sie auch ist, geschieht mir recht!

Am nächsten Morgen geht sie nicht zur Arbeit. Liegt mit angeschlagenem Gewissen auf der Dachterrasse, abwechselnd in der Hängematte und der Hollywoodschaukel. Jonas wird gezwungen sein, für sie einzuspringen, und Farbige wurden doch so lange ausgenutzt. In den Baumwollfeldern und auch später noch.
Hier Hängematte, da Baumwollfelder. Man müßte etwas tun für die globale Gerechtigkeit.
Man müßte etwas tun gegen die Kopfschmerzen. Eine halbvolle Flasche Blue Curaçao steht neben Eri auf dem Boden. Der Rest vom nassen Blau ist noch immer in ihr drin.

Nasses Blau. Cremiger Himmel. Nach jahrzehntelangen Meditationen soll man fliegen können, bevor man stirbt. Falls man vorher nicht stirbt.
Ein Zug mit knallroter Lok fährt aus dem Bahnhof. Zielgerichtet.
Leichte klassische Musik. Kofferradio, wacklige Frequenz. Von irgendwoher. Musik im Kofferradio, wie ein erschöpfter Hamster im Käfig läuft. Blödsinn. Man könnte von hier oben einen großen Platz unter Gewehrfeuer nehmen. Man kann sich auch die Fußnägel lackieren. Rot wie die Lok nach irgendwohin.

Eri tanzt. Am Rand der Tanzfläche, allein. Sie tanzt nicht wirklich, wiegt sich im Takt der Musik, bunt beflimmert vom Stroboskop. Vorteilhaft ausgeleuchtet. Etliche Männer tanzen auf sie zu, demonstrieren Beweglichkeit und Lendenkraft. Bieten Getränke an. Damit man sich näherkommt. Der Club ist angesagt, laut und gut besucht. Wippende Hüften ohne Ende. Eri hatte freien Eintritt. Kein Beweis, doch willkommenes Indiz. Frau zu sein.
Jonas steht an der Bar, sieht zu ihr herüber. Den Blick bis zu den Brauen gefüllt mit der Wut der Baumwollfelder. *Weiße Schlampe.* Sagen seine Augen. *Kapriziöse weiße Schlampenputze.*
Einbildung. Jonas nimmt Eri kaum wahr, um auch seiner Perspektive die Ehre zu geben.
Wenn Jonas wüßte, was eben in ihn hineininterpretiert wird, wäre er schlichtweg entsetzt.

Eri flieht vor ihrer wildgewordenen Phantasie über die Straße, an den Fluß, über dessen Ufern handgemalte Schilder hängen, die um reduzierte Lautstärke bitten. Vor allem nach Mitternacht. Und daß man entliehene Gläser dem Club zurückbringen soll. *Bitte.*
Dort, bei Neumond an der Böschung, im kurzgemähten Gras, bedrängt sie ein verzweifelter, vorteilhaft unausgeleuchteter Mensch, liegt ihr schwer auf dem Magen, haucht ihr seinen Atem auf die Lippen, dringt in sie ein, kommt schnell, sie war zu aufgewühlt, um sich seinen Na-

men zu merken. Er hat ihn wohl gar nicht erwähnt. Und verschwindet wieder, schneller noch, als er gekommen ist.

11

Liz arbeitet in der Fußgängerzone, wo sie still herumsteht. In einem silberfarbenen Biedermeierkleid, mit silberfarbenem Hut, silberfarbenen Ballettschuhen, silberfarbenen armlangen Handschuhen, silberfarbenen Strumpfhosen, silberfarbenem Regenschirm und einem biedermeierlich hübschen, mit silberfarbener Schminke bemalten Gesicht, steht sie still auf einem Podest, sehr silberfarben, alles in allem.

Manche Passanten finden das gut und werfen Geld in einen silberfarbenen Topf. Andere gehen kopfschüttelnd weiter oder entwickeln überhaupt keine Meinung dazu.

Gelangweilte Jugendliche und besonders freche Kinder versuchen, die lebende Statue zu einer Regung zu verleiten, durch Gebärden, indiskrete Fragen, durch Zupfen, durch Witze, selbst vor Beleidigungen machen sie nicht halt. Und würden vielleicht noch zu ganz anderen Hilfsmitteln greifen, gäbe es nicht immer auch Passanten, die derlei Störmanöver, aus welchem Pflichtgefühl heraus auch immer, unterbinden.

Fällt ein Geldstück in den Topf, vollführt Liz einen sehr graziösen Knicks, beugt dankend das Haupt. Sie tut es wie eine Puppe, als wäre ihr ein stahlfederner Mechanismus eingebaut. In ihrem Gesicht bewegt sich über Stunden kein Muskel. Bewegt sich doch ein Muskel, was vorkommt, besonders wenn es heiß ist und Herden diverser Juckreize über die schwitzigen Hautflächen ziehen, quittieren aufmerksame Zuseher dies mit höhnischem, jedoch nicht bös gemeintem Räuspern.

Es gibt bequemere Wege, sich neben dem Studium etwas Geld zu verdienen. Aber Liz steht oft in der Fußgängerzone, viermal in der Woche drei Stunden lang. Sie hat eine kleine Fangemeinde gewonnen, kann sich über ihre Einkünfte nicht beklagen.

Natürlich hat Liz auch eine Vorgeschichte. Die ist eher belanglos.

III

Alfred wuchs behütet zwischen gepflegten Vorstadtgärten auf. Nach einer damals populären Fernsehserie wurde er Alf gerufen, sah niedlich aus als Kind, sah frühreif aus als Pubertierender, beinahe alles fiel ihm in den Schoß. Gute Noten, gute Freunde, gute Frauen.
Mit neunzehn Jahren, als andere noch unschlüssig waren, was sie studieren sollten und wozu, gründete er eine Firma, bestand darauf, daß man ihn nicht mehr Alf nannte, sondern Red.
Red Hot. Mit zweiundzwanzig war er Millionär. Sein Betrieb expandierte, er steckte jeden erwirtschafteten Cent in Biotechnikaktien, die Aktien stürzten ab. Undsoweiter. Erstaunlich, wie sich so viel Erlebtes in so wenigen Sätzen endlagern läßt.

Während Reds Begräbnis wurde ausnahmslos von Alf gesprochen. Man mied in den Grabreden die jüngste Vergangenheit, wie glorreich sie auch begonnen hatte.
Die Eltern fühlten sich, nachdem sie Blumen auf den Sarg

geworfen hatten, zum Versuch genötigt, Alfs unscheinbaren Bruder mit neuen Augen zu sehen.
Stan war weniger gutaussehend, weniger begabt, weniger beliebt, weniger mutig. Neben Alfred war er in dieser Familie nie mehr als ein Mitläufer gewesen. Immerhin, in den Augen seiner Eltern hatte Stan eine neue Qualität bekommen. Stan war am Leben.
Vermutlich war er sogar zeugungsfähig, konnte, unter Mithilfe einer geeigneten Frau, liebenswerte Enkelkinder in die Welt setzen. Option auf die Zukunft. Eltern denken in langen Distanzen.
Stan betrank sich auf Alfs Begräbnis. Im Schatten der brüderlichen Spreizflügel zu stehen war ihm ab einem gewissen Zeitpunkt gar nicht mehr so unangenehm gewesen. Er hatte seine Ruhe gehabt, war von niemandem beobachtet, mit Erwartungen belästigt worden. Man hatte ihn stillschweigend aufgegeben, in die Freiheit entlassen. Mit all seinen fehlenden Talenten leben zu müssen würde für Stan von nun an noch bedrückender sein. Er hatte seinen Bruder nie gehaßt, höchstens beneidet, ein wenig.
Alfs Eltern sahen ihrem Sohn Stanislaus auf dem Friedhof tief in die Augen. Zum ersten Mal fiel ihnen auf, daß diese Augen unnatürlich geweitete Pupillen enthielten.

Stan schwänzt das Leichenmahl, erhöht den Alkoholgehalt im Blut um ein weiteres Promill. Er ist Student der Betriebswirtschaft im sechsten Semester, der sich dringend auf die Zwischenprüfung vorbereiten müßte. Den Führerschein wird er erst in zwei Wochen zurückbekommen, wohl auch dann nicht für den Rest seines Lebens, dazu muß man kein Prophet sein. Das ist auch nicht so schlimm, er hat das Sportcabrio, großspuriges Geschenk von Red Hot Alf, verkauft, kann von dem Geld noch mindestens ein Jahr existieren. Liz hat ihn verlassen, er hat Liz nicht geliebt, aber ihren Körper vermißt er. Und verschläft den Nachmittag am Flußufer, der Sommer ist ungewöhnlich heiß. Stan ahnt die Zukunft voraus. Als schwacher Mensch, dem sonst nichts bleibt, wird er seine Eltern irgendwann um Hilfe bitten, sie werden ihm helfen. Er wird nie etwas Anstrengendes tun müssen, um am Ende doch zu erben. Scheitern, grandios scheitern wie Alfred, tragisch scheitern, weil die Welt noch zu bäuerlich mißtrauisch ist, um an Biotechnikaktien zu glauben, ja, *das* ist ein Schicksal. Er hingegen sucht nichts als einen Unterschlupf im Leben, eine Laubhütte, in der er ein risikoarmes, unspektakuläres Dasein führen kann, hin und wieder von weichen Drogen betäubt.

Beim Erwachen sieht Stanislaus (von Mitschülern früher «Laus» genannt) nicht weit von sich ein Mädchen sitzen. Ganz hübsch, etwas traurig, sie starrt in den von gelben Laternen beschienenen Fluß. Nun, da Red tot ist, versucht Stan erstmals so mutig zu sein, wie der Bruder stets gewesen war. *Mut sei zu allem der Schlüssel,* hatte Alf (Red) stets behauptet.

– He du, mein Bruder ist tot, Selbstmord, harter Sturz, aus dem siebzehnten Stock, heute unter die Erde gebracht, darf ich deine Nippel küssen? Bitte!
Eri kann nicht nein sagen, sagt deshalb nichts. Diese Anmache ist ja doch die bisher weitaus originellste, könnte ihren imaginären, nie geführten Dialogen entstammen. Stan bettet seinen Kopf auf Eris Bauch, schlüpft unter ihr T-Shirt. Küßt ihre Nippel, die hart werden. Alles andere ergibt sich.
Der Mann sieht nicht sonderlich attraktiv aus, er tut ihr auch nicht ernsthaft weh. Hat er einen Namen gesagt? Etwas unbeholfen dringt er in sie ein und kommt sehr schnell, nach vier, fünf Stößen, ohne die Hose auszuziehen. Sein Reißverschluß fühlt sich kühlend an.
– *Danke,* sagt er danach. *Das war mir sehr wichtig.*
Eri hört es nicht, weil das Blut in ihren Schläfen pocht, sie überlegt, ob sie sich schämen soll. Der Mann grüßt und überquert die Straße, ruft nach einem Taxi. Eri zieht ihr Höschen hoch.

IV

Manchmal geht Stan in die Fußgängerzone, um Liz anzustarren, was niemandem auffällt, denn Liz steht ja genau deshalb dort herum – um angestarrt zu werden. Sie bemüht sich, knapp an Stan vorbeizusehen. Er stellt sich dann in erster Reihe vor das Silberfräulein und fixiert sie vorwurfsvoll. Keine nette Sache, und als Nachspiel einer vorwiegend sexuellen Beziehung bizarr bis erbärmlich. Vielleicht war da ja doch ein wenig Liebe zwischen uns, denkt er sich dann. Stan ist sich dessen nicht sicher. Wie alle anderen stehengebliebenen Passanten wartet er auf irgendeine Regung im Antlitz des Silberfräuleins. Die Silberfarbe kommt ihrer unreinen Gesichtshaut ganz gelegen, hat er sich gestern gedacht. Heute fixiert er sie nicht, das hat er nicht nötig, er kann, wie sich erwiesen hat, andere Frauen haben. Mit stolzer Brust kann er es sich für dieses Mal leisten, Liz mit Verachtung zu strafen. Vielleicht kommt er morgen wieder.

Eri ist recht zufrieden mit dem Verlauf der letzten Nacht. Bedauert nichts. *Non, je ne regrette rien.* Summt sie vor sich hin. Den Namen ihres ersten Liebhabers hätte sie dennoch gern gewußt.
Vielleicht würde jemand sie irgendwann einmal danach fragen. Wie hat er denn geheißen? Dann müßte sie zugeben, den Namen nicht zu wissen. Und stünde ganz schlampenhaft da. Andererseits, und das fällt ihr in der Trambahn ein, kann sie irgendeinen Namen erfinden. Namen gibt es umsonst. Im Telefonbuch zum Beispiel.
Eri kauft ein. Lachs mit Kräutersenfsauce. Rote Rosen, ein Dutzend. Chinesischen Weißwein, weil Asiaten immer lächeln. Es ist ein Lächeltag. *Ob er mich schwanger gemacht hat?* Kaum, der Zeitpunkt lag günstig. Vielleicht sollte sie sich doch endlich ein Telefon anschaffen. Damit sie jemandem, irgendwann, ihre Nummer geben kann.
Hätte der Typ gestern gesagt: *Gib mir mal deine Nummer, ich ruf dich an,* wäre es ihr peinlich gewesen, zu antworten: *Ich hab kein Telefon*. Das hätte unhöflich geklungen, weil unglaubhaft, so als wolle man sagen: *Danke, nein, ich will nicht, daß du mich anrufst.*
Aber der Typ hat nicht gefragt.
Fand er mich nicht gut? Gut, daß er nicht gefragt hat.

Während sie durch die Fußgängerzone schlendert, bleibt sie, wie in den letzten Wochen regelmäßig, beim silbernen Fräulein stehen, wirft ein Geldstück in den Silbertopf.

Eri bewundert dieses reglose Fräulein, vor allem, wenn es so heiß ist wie heute. Kein Schweißtröpfchen ziert diese Stirn. Eigentlich seltsam. Das Silberfräulein macht seinen obligatorischen Knicks, beugt sich dankbar herab, das wirkt so überaus anmutig, macht Eri für mehrere Minuten glücklich.

V

Liz packt ihren Kram zusammen.
Immer dieselben Fragen, die geduldig gewartet haben, um endlich gestellt werden zu dürfen.

a. – Wie halten Sie das bloß aus, vor allem bei dieser Hitze?
b. – Schadet die nicht sehr der Haut, die Silberschminke?
c. – Ich gebe bald eine Party, da würden Sie gut hineinpassen, hätten Sie Lust?
d. – Ist das einfach nur Geld verdienen oder eher ne spirituelle Sache?

Fragen, die sie jeweils knapp beantwortet.

a. – Geht so.
b. – Meine Haut ist eh nicht die beste.
c. – Nein.
d. – Halb und halb.

Heute ist Stan nicht dagewesen. Vielleicht, denkt/hofft Liz, hat er endlich aufgegeben.

– *Entschuldige.*

Liz dreht sich um.

– *Ich wollte dir nur sagen, daß ich toll finde, was du machst. Ich bin immer froh, daß du da bist, wenn ich vorbeikomme.*

– *Danke,* sagt Liz.

Eri hat ihre Einkäufe beendet, trägt die neuen Schuhe bereits an den Füßen. Erinnert sich an den Strauß roter Rosen in ihrer Basttasche.

– *Möchtest du vielleicht eine?*

– *Eine Rose?*

– *Ja, ich hab ein Dutzend davon. Sie sind schön, nicht?*

Liz schüttelt den Kopf. Sie kann nicht einfach eine rote Rose annehmen. Vor allem nicht von einer Person, die dazusagt, daß sie schön sind. Und wäre es auch noch so wahr.

– *Du findest sie nicht schön?*

– *Doch. Aber …*

– *Riech mal!*

Liz riecht an der Rose, nimmt sie nicht in die Hand. Klappt ihr Podest zusammen, zieht ihr steifes Silberkleid aus, unter dem sie einen Minirock trägt. Legt das Silberkleid mitsamt dem weitkrempigen Hut in einen Koffer. Wechselt das Ballerinenschuhwerk gegen bequeme Flip-Flops. Macht sich auf den Heimweg. Und erntet mehr Blicke als am ganzen Tag zusammen. Eine normale junge Frau in leichter Bekleidung, aber mit silberfarbenem Gesicht. Ein reizvolles Gesicht. Ausgeprägte Oberlippenkuppeln. Ein Mund wie heftiger Seegang.

– Ist noch was?

Es klingt unfreundlicher, als es gemeint ist.

– Nö, hab nur denselben Weg. Ich wohn da vorne, in dem Hochhaus, ganz oben.

– Aha.

– Ich hab mir heute ein Telefon gekauft. Mein erstes.

– Aha. Echt?

– Ja, ich will feiern. Gestern ist noch was anderes passiert.

– Ach?

– Kennst du chinesischen Weißwein?

– Sowas gibts doch gar nicht.

– Doch. Guck!

– Hm. Was es alles gibt. Ich muß jetzt hier lang.

– Wenn du mal Lust hast, dich zu unterhalten: Ich hab jetzt dieses Telefon, aber noch keine gespeicherte Nummer. Bis auf meine eigene, die kann ich noch nicht auswendig. Sie steht hier auf der Bedienungsanleitung. Willst du sie haben?

Liz nickt müde. Das Mädchen schreibt die Nummer auf die Rückseite eines Kassenzettels.

– Mein Name ist übrigens Eri.

– Elisabeth. Die meisten nennen mich Liz.

– Freut mich.

Die Wege der beiden jungen Frauen trennen sich auf dem großen Platz, der abends als Trainingsgelände für Skater dient.
Liz will nur noch nach Hause, will sich abschminken und vor den Fernseher schmeißen. Den Kassenzettel mit Eris Nummer darauf wirft sie nicht weg. Warum nicht? Weil kein Abfalleimer ihren Heimweg säumt. Später, zu Hause, überlegt sie es sich anders und pinnt den Zettel ans Korkboard. War eigentlich ein nettes Mädchen. Bißchen verschroben vielleicht.

Eri studiert aufgeregt die Bedienungsanleitung. Tippt die Nummer des Pizza-Lieferservices in ihr Telefon, speichert und wählt sie. Bestellt eine Pizza nur mit Käse. Ißt sie nicht. Daß sie angekommen ist, bietet Befriedigung genug.
Frida gibt sich bucklig bis unnahbar. Manche Menschen mögen Katzen für dumme Tiere halten, Frida aber scheint die Tragweite der momentan vor sich gehenden Umwälzungen zu ahnen. Ihr Dauerdurchfall nimmt Züge einer Protestwelle an.

Währenddessen, woanders. Stan setzt sich zu einem Mädchen ans Ufer.
– *He du, mein Bruder ist tot, Selbstmord, harter Sturz, aus dem siebzehnten Stock, heute unter die Erde gebracht, darf ich deine Nippel küssen? Bitte!*

Das Mädchen gibt ihm eine Ohrfeige. Stan stürzt bestürzt von dannen.
Wie gefühllos Menschen sein können. Denkt er sich. Verbitterung befällt ihn.

VI

Maria Esmeralda Stavros hieß einundzwanzig Jahre lang Maria Esmeralda Gonzalez. Nun, da José Pedro Gonzalez, ihr zweiter Gatte, das Zeitliche gesegnet hat, fordert Maria Esmeralda von den Behörden ihren Geburtsnamen zurück, erinnert sich ihrer Wurzeln, die, wie alles in der Vergangenheit zu früh Begrabene, im Alter gern aus der Asche hervorkriechen.

Ich diente immer irgendwem als Abfalleimer, weiß Gott, wieviel Müll in mich hineingesteckt wurde, aber irgendwann, vor langer Zeit, sprang auch mal was aus mir raus, ein Kind.

Scheiß-Kind. Wie schlank ich gewesen bin! Bis dieses Balg sich in mir breitgemacht hat. Dieses Monster. Die Tritte seiner Füße gegen meine Bauchdecke spür ich noch heute. Ausgebeult hat mich das Miststück!

Ihre innere Stimme klingt verbittert. Hin und wieder, noch viele Jahre nach der Scheidung, hat sie den Vater des Monsters angerufen. Über Tausende Kilometer Entfernung, aus purer Sentimentalität. Und immer auf ihre

Rechnung. Eingedenk der schönen Zeiten. Der schönen wilden Zeit. Bis eines Tages unter der Nummer keine Verbindung mehr zustande kam. *Verräter. Feigling!*
Argentinien, jetzt, während der Wirtschaftskrise, ist kein Platz für eine alleinstehende ältere Frau. Maria Esmeralda Stavros, ehemalige Gonzalez, verkauft das Haus am Stadtrand von Buenos Aires. Mitsamt dem biedermeierlichen Interieur.

Liz hockt in ihrem bescheidenen Souterrainapartment und lernt für das Diplom als Veterinärmedizinerin. Die Berufsaussichten einer angehenden Tierärztin in dieser Stadt sind mau, der Taxischein gilt vielen Studenten als eigentliche Abschlußprüfung.
Liz besieht sich im Spiegel.
Unreine Gesichtshaut ist auch schon alles, was man gegen ihre Physis vorbringen kann. Die Silberschminke, die teuerste auf dem Markt, wirbt mit besonders guter Hautverträglichkeit, aber das ist leider dreist gelogen. Liz wird sich bald nach neuen Einkünften umsehen oder sich mit lebenslangen Aknenarben abfinden müssen.
Mit Eri hat sie gestern zum ersten Mal telefoniert. Eri besitzt eine durchfallkranke Katze, die außer einem halben Reiskräcker pro Tag nichts mehr fressen will. Der Tierarzt habe Frida ein Mittel gegen Würmer verschrieben, aber Eri glaubt, die Ursache liege tiefer. Liz mußte lachen. Was kann bei Katzen noch tiefer liegen als Würmer?

Ihr Lachen tut ihr jetzt leid. Sie wollte das nette Mädchen nicht verletzen. Hat versprochen, heute abend mal vorbeizusehen.
Die Vorhänge des Apartments sind zugezogen, nicht nur wegen der Hitze. Stan hat zweimal seine Fresse gegen die Scheiben gepreßt.
Liz kann sich nicht konzentrieren. Die Buchstaben zerstäuben vor ihren Augen wie angepustete Pusteblumen. Sie macht sich auf den Weg.

Stan, der in seinem Leben derzeit kein lohnenderes Ziel erkennt, findet Gefallen daran, Liz zu observieren. Es erregt ihn beinahe so wie damals, als er auf dem Schulweg Detektiv gespielt hat. Liz betritt ein Hochhaus, verschwindet im Lift, die Lifttüren schließen sich.
Hilflos sieht Stan an dem zwölfstöckigen Hochhaus hinauf.

– Das ist ja eine tolle Wohnung. Was kostet die Miete?
– Hat mir mein Papa vererbt.
– Wow.
– Das ist Frida. Sie läßt sich von Fremden nicht so gern anfassen. Gib Obacht.
– Ich kann dir da wirklich nichts sagen, was dir dein Tierarzt nicht auch gesagt hat.
– Schon okay. Was willst du trinken?
Erleichtert nimmt Liz zur Kenntnis, daß das Thema Katze damit erledigt ist.

Die beiden jungen Frauen nehmen auf der Hollywoodschaukel Platz.
– *Wahnsinnsaussicht!*
Eri serviert selbstgemachte Erdbeerbowle. Die Erdbeeren sind noch nicht ganz aufgetaut. Liz nimmt ihre Schale, wandert die Terrasse entlang, beugt sich übers Geländer. Liz, findet Stan, sieht selbst noch bei Nacht und durchs Fernglas atemberaubend gut aus.

– *Wenn ich du wäre, würde ich hier ein paar Blumenkästen aufstellen. Sieht ein bißchen kahl aus, so, die Terrasse.*
– *Das macht Arbeit. Ich hab Schnittblumen lieber. Ich will nicht für soviele Lebewesen verantwortlich sein.*
– *Auch ein Standpunkt.*

Es folgen die üblichen Näherkommsätze. Man zündet Teelichte an, stellt begeistert fest, wie wenig Insekten es hier oben gibt.

– *Hast du einen Freund?*
– *Nein, du?*
– *Hab neulich Schluß gemacht.*
– *Aber entjungfert worden bin ich. Vor vier Tagen.*

Liz reagiert nicht, für den Fall, daß sie sich schlicht verhört hat. Stochert mit ihrem Strohhalm in einer gefrorenen Erdbeere. Fügt der Erdbeere eine Schürfwunde zu.
Es klingelt. Eri geht aufmachen.

Stan hat sich vorgenommen, dem Typen einfach nur ins Gesicht zu spucken. Danach Rückzug über die Treppe. Das müßte den Kerl für den Rest der Nacht verunsichern, impotent machen.

Als eine Frau ihm öffnet, schluckt er die gesammelte Spucke herunter.

– Ist Liz da? (Warum frage ich das?)

– Auf der Terrasse. (Warum sage ich das?)

Der Mann fixiert Eri so merkwürdig. Eri, nichts Böses erwartend, starrt zurück. Beide erkennen einander im selben Moment. Der Mann rennt kopfschüttelnd die Treppe hinab.

Eri will ihm noch hinterherrufen, nach seinem Namen fragen, aber dieser Mensch scheint auf schnelle Abgänge spezialisiert.

– Liz?

– Ja?

– Da war eben ein Typ, der hat nach dir gefragt.

– Du liebe Zeit. Wer weiß denn, daß ich hier bin?

– Er ist wieder gegangen.

– Gott sei Dank.

– Weißt du, wer das war?

– Muß Stan gewesen sein. Das ist der, von dem ich mich getrennt hab. Läßt mich nicht in Ruhe. Anscheinend verfolgt er mich jetzt.

– Mich hat er gevögelt.

Längere Pause. Eigentlich eine ziemlich lange Pause.

– Was?
– Jetzt weiß ich wenigstens, daß er Stan heißt. Ich hatte mir schon einen Namen zurechtgelegt, falls mich mal jemand fragen würde: Sylvio. Sylvio ist ein schöner Name. Stan – nicht so. Aber gut. Dann eben Stan.
– Sag mal, ist bei dir da oben alles richtig? Du sagst, du hast mit meinem Ex gevögelt?
– Ja. Nein. Mehr er mit mir.
– Was erzählst du bloß für Zeug? Bist du krank? Willst du dich interessant machen, oder was?
Liz steht auf und leert ihr Glas in einem Zug. Versteckte Kamera. Oder ein ganz, ganz schräger Film, der hier heimlich gedreht wird.
– Liz, beruhige dich doch. Ich hab ja nicht gewußt, wer er ist, nicht mal seinen Namen hab ich bis eben gewußt.
– Steckst du mit ihm unter einer Decke?
– Nee, das war im Freien, am Flußufer, er kam an und war so traurig, sagte, sein Bruder ist gestorben. Deshalb. Ich konnte mich irgendwie nicht wehren.

Liz, die bereits beschlossen hat, die Wohnung mit heftigem Türgeknalle zu verlassen, setzt sich wieder. Nun will sie alles wissen.
– Red ist tot?
– Wer ist Red?
– Stans Bruder.
– Der einzige?

– Ja.
– Dann ist er tot. Hat Stan gesagt. Von einem hohen Gebäude gesprungen. Harter Sturz, hat er gesagt. Siebzehnter Stock, glaub ich. Mehr weiß ich nicht. Warum fragst du?
– Warum ich frage? Hör mal, du bringst mich hier in eine Situation, da würden andere Schreikrämpfe kriegen …
– Hast du mit Red was gehabt?

Liz antwortet nicht gleich, pult das Zellophan von einer Zigarettenschachtel, gibt sich aus einem Teelicht Feuer. Saugt den Rauch tief in die Lungen, atmet lange aus.
– Einmal.
Plötzlich, wie in einer anderen Dimension vereinbart, müssen beide lachen.
Und während sie sich vor Lachen, einem Lachen, das beiden unheimlich, ja peinlich ist, kaum beruhigen können, klingelt es erneut.

– Soll ich öffnen?
– Ja, mach ruhig auf, sag diesem Arsch – nein, sag ihm, er soll reinkommen, ich sag es ihm selbst.
– Okay. Ist er gefährlich?
– Nein. I wo. Nur lästig.
Eri geht zur Tür. Nach einer Weile kehrt sie zurück und murmelt:
– Liz?
– Ja?

– Das ist nicht Stan. Sag mal, sind wir eigentlich schon Freundinnen?
– Wieso?
– Stehst du mir bei?
Liz ist alles längst egal.
– Klar. Na schön.
– Da draußen steht meine Mutter.
– Und?
– Sie sagt wenigstens, sie sei meine Mutter. Ich hab sie als einjähriges Kind zum letzten Mal gesehen. Fühl mich so schwach. So –

Eri wird ohnmächtig. Hinter ihr, im Rahmen der Terrassentür, steht eine korpulente alte Frau und sagt:
– Halloooo.
Ohne sich einander vorzustellen, schleppen Liz und die korpulente Frau Eri aufs Wohnzimmersofa.
– Ich bin Maria. Augustas Mutter. Und wer sind Sie?

Die überforderte Liz redet sich vage auf *eine Freundin* heraus. Kann sich nicht beherrschen. Muß lachen.
– Warum lachen Sie denn?
– Nur so.
– Ich komme eben aus Argentinien, müssen Sie wissen. Ist Augustas Vater da?
– Ähmm. Nicht daß ich wüßte …
– Nicht daß Sies wüßten? Was ist das denn hier für ein Haushalt?

Eri findet langsam zu sich. Liz möchte gehen, möchte nicht stören, möchte aus den Haaren haben, was ihr da über den Kopf zu wachsen droht. Eri hascht nach ihrem linken Knie, bittet sie, fleht sie an zu bleiben.

– Papa ist schon lange nicht mehr hier gewesen.
– Wo ist er denn?
– Warum fragst du nach Papa? Wo ich doch hier bin. Wir haben manchmal telefoniert, weißt du, nein, du weißt es nicht, Papa hat mir den Hörer gegeben und ich durfte dich schimpfen hören über die Ungerechtigkeit Gottes und der ganzen Welt, und immer wenn du gemerkt hast, daß ich am Hörer war, nicht Papa, hast du einfach aufgelegt. Jetzt platzt du aus dem Nichts hier herein und nennst dich meine Mutter!

Liz findet das langsam äußerst unangenehm. Hatte Eri nicht gesagt, sie habe die Wohnung von ihrem Papa *geerbt?* Naja, doch, das hat sie.

– Hör, Augusta, du warst damals ein Kind, ungebildet, ganz klein und humorlos, laut und verschissen, wie Kinder so sind. Mir lag nicht viel an dir, das hat mit irgendwelchen Hormonen zu tun, die mein Körper nicht produziert hat. Wahrscheinlich eine Drüsengeschichte. Mutterliebe ist immer auch eine Drüsengeschichte. Aber jetzt haben wir erstens ein anderes Jahrtausend, und außerdem: eine Mut-

ter bleibt eine Mutter. Darum: ein bißchen Respekt, ja? Ich will von dir auch gar nichts. Außer dem bißchen Respekt. Würdest du mir freundlicherweise mitteilen, wo ich deinen Vater finde?

– Papa wohnt in einer anderen Stadt.

– Ach so? Aber du wirst wohl nichts dagegen haben, wenn ich heute hier übernachte?

– Nein …

– Und würdest du, wenn du Zeit hast, mir deine Freundin vorstellen? Wohnt sie hier?

– Das ist Liz. Das geht dich doch alles nichts an!

Eri heult. Liz, aus Taktgefühl und Mangel an sonstig sinnvollen Tätigkeiten, nimmt Eri in den Arm.

– Warum ist dieses Zimmer hier abgesperrt?

– Das geht dich doch erst recht nichts an.

– Ich bin aber neugierig, Augusta.

– Der Kammerjäger hat Gas gesprüht, gegen das Viehzeug. Und nenn mich nicht Augusta. Ich hasse diesen Namen.

– Was denn für Viehzeug?

– Das Zimmer ist kontaminiert. Noch eine ganze Woche. Jetzt gib Ruhe!

– Madre de dios. Was für ein Haushalt!

Die korpulente Frau nimmt Besitz von dem Sofa, schiebt Eri auf den Fußboden.

– Hat den Anschein, als seien hier alle etwas betrunken.

Oder hysterisch. Gut, dann schlafen wir jetzt. Und morgen wird die Sache beredet.

Liz schleicht sich zur Wohnungstür.

– *Liz? Bleib bitte bei mir, ich brauch dich! Bitte!*

So kommt es, daß Liz in Eris Schlafzimmer übernachtet, während vom Wohnzimmersofa her Maria Esmeraldas Schnarchen über die schlafende Stadt hinwegrollt, als würden die Zedernwälder des Libanon ein zweites Mal abgeholzt.
– *Danke.* Flüstert Eri.
Liz wehrt sich nicht gegen die Handfläche, die ihr sanft über Stirn und Wangen streicht und endlich, kraftlos geworden, auf ihrem Gesicht liegenbleibt.

Am nächsten Morgen sitzen die drei Frauen auf der Terrasse beim Frühstück. Maria Esmeralda gibt sich etwas leutseliger, freundlicher, ihre Position ist schwächer geworden, der Vorteil der nächtlichen Überrumpelung ist für immer dahin. In welcher Stadt Eris Vater sich aufhält, will sie dennoch wissen. Eri behauptet, daß sie das nicht sagen darf.
– *Ach so!* Maria stemmt zwei schwabbelige Arme in bespeckte Hüften. Nun sei sie den ganzen Weg aus Argentinien gekommen, um auf eine derart widerspenstige Brut zu stoßen.

– Dein Vater ist immer noch mein Gatte. Katholisch gesehen. Bis an den Tod! So hat er einst geschworen! Mein Recht auf ihn wiegt viel schwerer als deines, schieb dir das zwischen die Kiefer, renitente Tochter!
– Ihr seid geschieden worden.
– Vor dem irdischen Gesetz. Nicht vor Gott! Dräng dich bloß nicht zwischen deinen Vater, Gott und mich!

Liz verkneift sich allerhand. Eri, in ihrer Not, nennt eine weit entfernte Stadt im Norden. Fügt einen Straßennamen hinzu und eine Nummer.
– Telefon?
– Weiß ich nicht.
– Schau mir in die Augen!
– Ich weiß seine Nummer wirklich nicht. Gehst du jetzt? Bitte!
Maria Esmeralda hat der Tochter in die Augen gesehen. Das mit der Telefonnummer scheint zu stimmen. Sie hat sich Stadt, Straße und Hausnummer aufgeschrieben. Und zieht tatsächlich ab. Ohne für dieses Kind nachträglich Stolz zu empfinden. Oder sonst irgendetwas.

Als sie im Parterre dem Fahrstuhl entsteigt, lungert dort Stan herum, betrunken von einer Flasche Single Malt, die er, unschlüssig, was in Sachen Liz zu unternehmen sei, dem Schlaf im eigenen Bett vorgezogen hat.
Maria stolpert beinahe über ihn, riecht seine Alkoholfahne,

verweist ihn mit derben Worten des Hauses, dem sie von der Straße aus einen letzten mißtrauischen Blick gönnt.

Liz ist neugierig geworden. Massiert sanft Eris Nacken.
– *Diese Adresse deines Vaters – die hast du dir doch nur ausgedacht, stimmts?*
– *Ja.*
– *Dann kommt das Weib bald wieder.*
– *Bestimmt. Wir müssen eine Festung bauen.*
– *Eine Festung?* Fragt Liz und schnalzt skeptisch mit der Zunge.
– *Sie darf nie wieder einen Fuß in diese Wohnung setzen.*
– *Gibts da was, das du mir mitteilen möchtest?*
– *Ja. Aber ich muß erst mehr Vertrauen zu dir haben. Gestattest du mir das?*

Dem ist nichts weiter hinzuzufügen als ein scheuer Kuß, bei dem sich zwei Zungenspitzen kurz, ganz kurz berühren.

Liz – die erste Freundin, die Eri je erobern wollte. Die sich nicht aufgedrängt oder ein blasses Zweckbündnis angeboten hat. Eri findet Liz in natura noch viel schöner als in Silber.
Daran ändern auch ein paar Quadratzentimeter unreiner Gesichtshaut nichts.
Eri streichelt die neue Freundin, das mysteriöse silberne

Mädchen, zieht dann die Hand erschrocken zurück. Sie streichelt Liz ja ganz genauso, wie man einen geschenkten Teddybären streichelt, der sich dagegen nicht wehren kann.
Liz soll sich wehren können. Eri möchte eine starke Freundin, stärker als sie selbst. Am liebsten soll Liz sofort das Kommando übernehmen. Anweisungen geben. Aber flüsternd. *Geflüsterte Befehle.*
Das wäre toll.

Liz weiß nicht, wie sie mit der Situation umgehen soll. Dieses Mädchen, und es ist definitiv ein Mädchen, keine Frau, scheint seltsam, auch reizvoll, offeriert etliche Geheimnisse plaudernd und leichtfertig, aber eines, das hält sie gewaltsam zurück.
Was an mir, fragt Liz im stillen, ist Interesse, was Neugier? Mag ich sie wirklich, oder bin ich nur schaulustig? Doch, ich mag sie. Neugier ist natürlich.

Eri prüft sich. Ist es *Liebe?* Nein, viel zu belastetes, sakrales Wort. Verliebtheit klingt banal, aber angemessen. Sie möchte ihre Geheimnisse, viele sind es ja nicht, mit Liz teilen, ohne verletzt zu werden.
Eigene Geheimnisse im Besitz anderer bekommen häßliche rote Knöpfe, wie stark durchblutete Beulen. Vielleicht sollte man diskreter beginnen, dem anderen nicht zuviel zumuten. Eine Schüssel Nudeln verbindet. Ist nie

verkehrt. Man muß sich auf nichts Grundlegenderes als eine Sauce einigen.

– *Was für Spaghetti magst du? Grün, gelb oder rot?*

Liz, ohne wirklich Hunger zu haben, entscheidet: *gelb.* Pesto, ja, Tomaten, ja, aber unter Spaghetti *gelb* kann sie sich nichts vorstellen.
Eri kocht Mittagessen. Nudeln mit Kräutersenfsauce. Liz sagt, es schmecke vorzüglich. Hält sich eine Gabel vor die Lippen, damit ihre Lüge unangestrengter klingt. Warum bloß sind Lügen unumgänglich? *Aber das ist doch keine Lüge, nur Geflunker.* Geflunker ist notwendig.
Frida frißt einen halben Reiskräcker.

– *Wie war das mit dir und Stan?*

Stan und Elisabeth haben als vielversprechendes Paar begonnen. Sexuell stimmte manches, emotional redeten sie zwei Monate lang aneinander vorbei. Kennengelernt haben sie sich auf einer von Reds neoliberalen Protzparties, der letzten, die der Gastgeber sich hatte leisten können. Red war damals so unsympathisch herrenmenschlich aufgetreten, daß sein blasser Bruder davon übermäßig profitierte. Elisabeth servierte, vom Studentenservice vermittelt, Getränke und Häppchen. Stan hatte sowas Trauriges, Zweitgeborenes an sich gehabt, nach Trost Haschendes, dem sie nicht widerstehen konnte. Später gab sich Red viel gefühlvoller als sein Bruder, Liz fiel kurzfristig darauf herein, sagte beiden Brüdern ade und begann eine Karriere als Silberfräulein in der Fußgängerzone. So, gekürzt um allen Zierat, die Geschichte von Stan und Red und Elisabeth.

– Das ist eine traurige Geschichte. Warst du auch mal mit einem guten Mann zusammen?
– Ja. Leider paßte es im Bett nicht, und wir waren beide nicht in dem Alter, wo das keine Rolle mehr spielt.
– Schade. Möchtest du hier einziehen?
– Mal sehen.

Das Angebot kommt überraschend schnell. Es anzunehmen böte Vorteile, wohnlich wie finanziell. Man kann es nicht leichtfertig ablehnen. Muß es sorgfältig prüfen. Liz, die zu spontanen Entscheidungen neigt und dies so oft bereuen mußte (so oft nun auch wieder nicht), ist mehr hin- als hergerissen, das gesteht sie sich freimütig ein.

Die Wohnung. Möbel alle mindestens zwanzig Jahre alt und eher billig. Parkettböden. Leere weiße Wände, keine Poster, Bilder oder Tapeten. Auch keine Staubränder entfernter Gemälde. Insgesamt ein relativ sauberer Eindruck.

– Hattest du wirklich den Kammerjäger hier?
– Nein.
– Warum ist dieses Zimmer dann verschlossen?

Eri gibt keine Antwort. Liz insistiert nicht, probiert eine andere Frage.

– *Hast du noch Kontakt zu deinem Vater?*

– *Sehr selten.*

– *Willst du ihn vor deiner Mutter schützen?*

– *Ja. Jetzt ja.*

– *Kann er sich nicht selbst verteidigen?*

– *Nein. Nicht so gut. Er ist – labil, schwach. War es immer schon.*

– *Weißt du denn, wo er sich aufhält?*

Eri schweigt erneut. Liz, mit dem Taktgefühl einer angehenden Tierärztin ausgestattet, bohrt nicht weiter. Muß sie auch nicht. Eri spürt eine Art seelischen Harndrang, kann den Verlockungen einer Beichte kaum noch Widerstand entgegensetzen. Die Schweigemauern sind dünn und brüchig geworden, die Wahrheit brodelt, will hinaus.

VII

Angelo hat keine Bleibe mehr. «Unbekannte» haben ihm die Fensterscheiben zertrümmert, was sein Vermieter allerdings prompt *ihm* zur Last legt, nicht irgendwelchen Unbekannten.
– *Ihr Lebenswandel! Lieber Himmel! Die Miete sind Sie seit Monaten schuldig! Und dieser Lebenswandel! Sehen Sie in den Spiegel! Sehen Sie nur einmal in den Spiegel!*

Kurz hat Angelo überlegt, Eri um Hilfe zu bitten, die er immer noch in sich verschossen glaubt. Leider bekommt sie ja noch Geld von ihm bzw. hat es bislang nicht bekommen. Allen anderen Menschen, die er um Hilfe und Gastfreundschaft bitten könnte, schuldet er ebenfalls Geld. Jonas hat sich widerstrebend bereit erklärt, ihn im Pornokino nächtigen zu lassen, auf der alten Ledercouch hinten im Kino Nummer zwei, wo die Schwulenfilme laufen. Jonas ist ein gutmütiger Mensch, hat Angelo einen Nachschlüssel für die Hintertür besorgt.
– *Den hast du, falls man dich erwischt, nicht von mir, ist das klar?*

Angelo nickt. Aber Angelo nickt eigentlich dauernd, ist ein menschlicher Wackeldackel, schwer auf Entzug, ab Montag erst wird er die Segnungen des staatlichen Methadonprogramms genießen können, dann jedoch, so hat er sich geschworen, wird er mit ehrlicher Arbeit all jene Dealer bezahlen, die ihm ansonsten das Ende seiner physischen Existenz angedroht haben. Alles wird sich zum Guten wenden, alles. Mit seinen neunzehn Jahren kann es für einen Neustart nicht zu spät sein. Denkt er, schläft ein und wälzt sich bald in wüsten Träumen.

Liz marschiert in ihre staubige Schwachlichtbude, rafft alles zusammen, was sie zu ihrer Körperpflege und Doktorarbeit benötigt, wirft es in ihren einzigen Koffer.
Okay, ich versuchs.
Keine *Beziehung*, nein, eine Beziehung kann sie sich nicht leisten, wenn die Arbeit bis Dezember fertig werden soll. *Kameradschaft* mit ein bißchen *Schmusen*, das ist alles. Wenn es mit Eri einigermaßen läuft, kann die Souterrainabsteige weitervermietet werden, das gibt *Extrageld*.
Liz haßt sich, wenn sie an Geld denkt, denken muß. Sie wäre lieber von jederlei niedrigen Beweggründen frei. Nicht, um wohlhabend zu sein. Wirklich nicht. Nur, um sich nie mehr als Krämerin zu fühlen.

Eri bemüht sich um die neue Freundin. Schwört, ihr nie wieder *Spaghetti Gelb* vorzusetzen. Hat drei dicke Kochbücher gekauft – amerikanisch, vietnamesisch, italienisch. Ob man zusammen was daraus probieren wolle? Auch zeigt sie Liz ihr neues Arbeitszimmer, eine schmale, mönchische Zelle, ehemals Vorratskammer, ausstaffiert mit einem kleinen Preßspantisch, einem Hocker und dem schnörkellosen Erlenregal, das einst Bücher enthielt. Und leer steht, seit Eri alles, was sie an die Schulzeit erinnern konnte, auf Flohmärkten verhökert hat.

– *Du hast doch sicher viele Bücher?*
– *Und du? Gar keine?*
– *Nein.*
– *Nicht mal Lexika?*
– *Nein.*
Eris Nein klingt schüchtern gefragt, wie: Muß man denn Lexika haben?
– *Und wo siehst du nach, wenn du was wissen willst?*
– *Was denn genau?*
– *Schon gut.*
Liz bereut ihr *schon gut*, das gnädig und herablassend geklungen haben muß. Sie nimmt Eri in die Arme. Allein, um vom Thema abzulenken, stellt sie erneut die Frage nach jenem verschlossenen Zimmer und dem angeblichen Kammerjäger. Eri sieht zu Boden. Murmelt, mit krampfhaft aufgehellter Stimme:

– Vietnamesisch braucht spezielle Kräuter. Die besorg ich uns morgen. Im Gefrierschrank ist alles, was man für amerikanisch kochen braucht. Ist nicht soviel. Hilfst du mir?

Liz geht nochmal los, um im Supermarkt passenden Wein zu amerikanischer Küche zu besorgen. Chardonnay von Mondavi, im Eichenfaß gereift. Eri wird später sagen, sie hätte nie im Leben etwas ähnlich Köstliches getrunken. Was ohne jede Ironie der Wahrheit entspricht. Der Tisch ist gedeckt, Kerzen erleuchten die Terrasse. Es gibt Hähnchenflügel in Zitronensauce, mit Pommes aus der Tiefkühlpackung. Danach eine Halbliterdose teures Ben & Jerry's *Chunky Monkey*-Eis mit Bananengeschmack und geraspelten Walnüssen.

Angelo leidet abwechselnd unter Schlaflosigkeit und Alpträumen, wälzt sich auf seiner Couch hin und her, findet keine bequeme Stellung. Zittert und schwitzt, ohne daß es heiß wäre. Schleicht zur Bar, wo er neben dem abgeschlossenen Kühlschrank einige Flaschen Orangenlimo findet. Zimmerwarm, leider. Ohne echte Hoffnung sucht Angelo im leeren Kino nach irgendetwas, was sich zu Geld machen läßt. Vielleicht hat ja einer der Besucher sein Portemonnaie verloren. Angelo robbt über den schmutzigen Boden, leuchtet ihn mit seinem Feuerzeug ab, versengt sich die Daumenkuppe. Nichts. Hinter dem Vorführraum entdeckt er einen schmalen Schacht. Und eine Dachluke,

die von innen mit einem Riegel versperrt ist. Aus purer Ruhelosigkeit steigt Angelo über die Trittleiter aufs Flachdach des Gebäudes. Sternenklare Nacht. Er raucht und betrachtet die Glut, möchte gerne so zufrieden sein wie ein Marlborocowboy in Marlborocountry. Stattdessen schmerzt sein Brustkorb, er ekelt sich vor seinem eigenen Schweiß. Hat keine Wäsche zum Wechseln.
Das Dach liegt nicht hoch genug, um Selbstmord zu begehen. Aber daran denken kann man – und einen Rundgang machen über die anderen Dächer des Karrees. Neue Dachluken finden. Das muß der Supermarkt sein. Angelo rüttelt an der Luke. Sie springt auf.

Endlich, weit nach Mitternacht, sind alle Schweigemauern eingestürzt.
Was dahinter zum Vorschein kommt, hat Liz sich derart bizarr nicht vorzustellen gewagt, und wie sie nun darauf reagiert, kommt ihr selbst unwirklich besonnen und kaltblütig vor.
– *Kein Mensch, außer dir, weiß das?*
– *Niemand.*
– *Und du beziehst weiter seine Rente?*
– *Ich hab die Kontovollmacht bekommen, als er krank wurde.*
– *Und die Nachbarn?*
– *Wir sind allein auf dieser Etage.*
– *Hat er denn nicht – entschuldige – gestunken?*

– Am Anfang ganz schlimm. Ich hab dann Frida gestohlen, und sie hat mehr gestunken als er.
Nach einem Jahr hat man fast nichts mehr gerochen. Die Matratze hab ich fünfmal gewechselt. Das war das Schlimmste. Was hältst du jetzt von mir?

Liz zieht die Luft hörbar ein, bevor sie sie mit ihren Gedanken anreichert und, in Sprache verwandelt, wieder von sich gibt.
– Das muß ein Ende finden. Du mußt ihn begraben, Eri. Danach verkaufst du diese Wohnung, suchst dir einen neuen Job, am besten in einer anderen Stadt.
Geflüsterte Befehle! Wie erregend. Die Beichte hat sich bereits gelohnt.

Im Polizeibericht des nächsten Tages heißt es, der Tater sei zuerst in ein Pornokino eingedrungen, habe dort kaum Beute gemacht (halbe Flasche Orangenlimo), sei danach in den nahegelegenen Supermarkt eingestiegen. Die von einer Anwohnerin benachrichtigte Polizeistreife habe den Supermarkt mit dem Generalschlüssel betreten, dem Einbrecher sei jedoch mit knapper Not die Flucht gelungen. Die Personenbeschreibung lautet: *Männlich, circa fünfundzwanzig Jahre, braunes Haar, schlank, südlicher Typ, vermutlich geringer Intellekt.*

– Du meldest deinen Vater als vermißt. Bekommst noch eine Weile Geld, irgendwann wird er für tot erklärt, und der Spuk hat ein Ende, dann ist die Sache in Ordnung. Das Geld kannst du gemeinnützig spenden. Kannst es auch behalten. Darauf kommt es nicht mehr an.
Eri nickt. Mit allem einverstanden.
– Wir müssen ihn beerdigen. Unauffindbar beerdigen. Hatte er einen Lieblingswald?
– Im Gegenteil, er hat Wälder gehaßt. Wegen der Zecken. Papa hatte vor Zecken so große Angst wie vor Sauriern.
– Egal. Jetzt hat er sicher keine Angst mehr. Wir brauchen einen alten Teppich und ein Auto, am besten einen Van. Hast du ein Auto?
– Nichtmal nen Führerschein.
– Mist, ich auch nicht. Macht nichts. Kriegen wir hin.
– Liz, sag doch mal …
– Was?
– Warum du mir helfen willst.
– Ich finde das alles sehr aufregend.

Eri hat sich eine andere, liebevollere Antwort gewünscht. Es hätte allerdings viel enttäuschendere gegeben.

Angelo sitzt am Fluß und denkt nach. Schließlich lebt er in der reichen Ersten Welt. Warum zum Teufel ist alles, was man aus einem normalen Supermarkt mit zwei Händen herausschleppen kann, so wenig wert? Zum Wahnsinnig-

werden. Es hat nichtmal guten Kaviar gegeben, nur ganz preiswerten vom Lachs, und selbst der noch im Sonderangebot. Angelo hatte sich für drei Flaschen Glenfiddich-Whisky entschieden und für das gefrorene Rinderfilet. Zwei der Flaschen fielen ihm aus dem Gürtel, zerschellten am Boden. Eine Sekunde später kamen die Bullen. Zuletzt flüchtete Angelo mit nichts als dem gefrorenen Rinderfilet in der Hose. Übers Dach und in den Stadtpark.
Es hätte schlimmer kommen können. Sie haben mich nicht erwischt.
Jetzt hockt er am Fluß, neben ihm taut das teure Fleisch – und seinen Schlafplatz hat er verloren.
Ich könnte bei Jonas klingeln. Wenn Jonas nicht mit seiner betagten Mutter zusammenleben würde, die keinerlei Aufregung verträgt. *Überall machen sich Hutzelweiber mit Herzfehlern breit.* In hundert Metern Entfernung entdeckt Angelo ein Lagerfeuer.
Fünf Jugendliche, die den nächtlichen Fluß anstarren, Bier trinken und selbsterfundene Sexgeschichten zum besten geben.

– Hi. Habt ihr vielleicht Lust auf Rinderfilet?
– Was?
– Das ist ganz frisches Rinderfilet. Köstlich. Das kostet mindestens … wartet … hier steht es: Dreißig Steine. Dreißig! Gebt ihr mir zehn?
Die Jugendlichen sehen ziemlich verständnislos drein.

Angelo ahnt, daß er heute Nacht kein Glück mehr haben wird. Mit nichts.
Einer, der dreisteste unter den Lagerfeuerknaben, ruft ihm hinterher: *Was machste mitten in der Nacht mit dem Fleisch hier?*
Immerhin – ein wenig flaues Interesse. Soll man ein neues Verkaufsgespräch beginnen? Aber Angelo hat keine Lust, angetrunkene Pubertierende zu entertainen. Läßt das Filet fallen und verschwindet in den Büschen. Hinten, am anderen Ende des Parks, gibt es eine Toilette und, wenn Angelo Glück hat, Kundschaft der übelsten Sorte.

VIII

Sobald das Tageslicht kräftig genug ist – vorher wäre es zu gruselig gewesen –, holt Eri den im Kühlschrank (Gefrierfach) versteckten Schlüssel, um Liz ihrem Vater vorzustellen. Oder umgekehrt. Umgekehrt ist besser. Liz schlägt das Herz bis zum Hals. Bis zum Hals? Nein, das ist nicht ihr Herz, da oben in ihrem Hals, das ist ihr Kehlkopf, der heftig schluckt.

Der Anblick ist nur wenige Sekunden lang bedrückend, gewinnt danach eine fast majestätische Anmut, vor allem im morgendlichen Gegenlicht, das durch ein sehr staubiges, halbblindes Fenster fällt.

Eri hat den Rolladen halb hochgezogen, bleibt vor dem Fenster stehen. Mit hängenden Armen. Ihr Kinn deutet schwach nach links.

– *Das ist Papa.*

Stan beobachtet die Wohnung mit dem Feldstecher. *Interessant: Heute morgen ist ein Rolladen halb hochgezogen, der die Tage zuvor stets geschlossen war.*

Die ledrige Mumie liegt, rost- und honigfarben, auf dem Bett, nackt bis auf Boxershorts, die Hände im Schoß gekreuzt. Das Antlitz erkennbar, doch stellenweise verschimmelt. Kaum Muskelfleisch unter der Haut, wenn doch, dann steinhart und rotbraun wie ein Ziegenleckstein, wie das Fleisch an einem Hähnchenflügel, den man im Ofen vergessen hat. Stellenweise aufgeplatzter Hals. In den Rissen ähnelt das einem Medizinball, wenn filzige Füllmasse hervorquillt.
Der Gesichtsschimmel setzt sich in Sporenform fort, graugrüne Erhebungen unterschiedlicher Größe – man denkt an ein von Gallwespen befallenes Baumblatt.
Leere Höhlen, wo einst stahlblaue Augen strahlten. Wovon Liz glücklicherweise nichts ahnt. Eri hat ihrem Vater eine Sonnenbrille aufgesetzt, nachdem die Augäpfel zerlaufen waren. Fette schwarze Fliegen, aus dem Nichts entstanden, hatten an diesen sich verflüssigenden Augen monatelang geleckt und gesaugt. Ekelhafteste Zaungäste des Verwesungsprozesses.

Liz ringt nach Worten. Möchte sachlich klingen. Es gelingt ihr. So lala.
– Er sieht gut aus. Ganz leicht. Wahrscheinlich könnte man ihn mit einer Hand heben.

– Papa war schon immer sehr dünn.
– Man könnte ihn vielleicht sogar zusammenfalten.
– Versuch nicht, komisch zu sein.

Liz horcht auf. Die erste Zurechtweisung, die sie von der neuen Freundin hinnehmen muß.

– War gar nicht komisch gemeint. Vielleicht brauchen wir keinen Teppich. Womöglich genügt eine Kiste. Oder eine starke Pappschachtel.
– Ich will meinen Vater nicht in einer Pappschachtel transportieren.
– Stells dir wie ein antikes Hockergrab vor. Das Behältnis ist doch egal. Er muß hier raus. Wie lange ist er jetzt schon tot?
– Dreieinhalb Jahre.
Wahnsinn. Hast du kein Problem mit Maden gehabt?
– Tiger-Balm.
– Tiger-Balm?
– Ich hab ihn von oben bis unten mit Tiger-Balm eingerieben. Das hat geholfen.

Liz pfeift anerkennend. Soviel Tiger-Balm muß allerhand Geld verschlungen haben. Das scharfe Zeug wird ja nur in winzigen Tiegelchen verkauft. Hinter den beiden Frauen schleicht Frida ins verbotene Zimmer, springt aufs Bett, betrachtet den bislang unbekannten Mitbewohner, schnüffelt an ihm, wird von Eri verscheucht.

– Ich schlage vor, wir überlegen in aller Ruhe, was zu tun ist. Ich meine, wir haben beide kein Auto, und ein Taxi können wir nicht nehmen, wenn es Richtung Wald geht. Das würde Verdacht erregen.
– Eine von uns könnte Fahrstunden nehmen.
– Genau. Also du. Ich hab zu tun mit meiner Doktorarbeit.
– Ich hasse Autos.

Die Diskussion verläuft einseitig, ist deshalb hier stark verkürzt wiedergegeben.
Liz hat zu tun, Eri hat jede Menge Freizeit. Für Ausflüchte bleibt wenig Spielraum.
Am nächsten Morgen meldet sich Eri zur ersten Fahrstunde an. Liz kauft währenddessen orangefarbene Rauhfasertapeten, mit denen sie ihrem neuen Arbeitszimmer einen wärmeren Ton geben will.

Stan registriert: Sie trägt Tapetenrollen. *Wo ist sie da nur gelandet, weshalb, und was macht sie dort?* Hilflos zuckt er mit den Schultern. Offensichtlich befindet sich kein Mann in der Wohnung, wenigstens läßt sich nie einer auf der Terrasse blicken. Es muß eine harmlose Wohngemeinschaft sein, sagt er sich. Liz ist ja nicht lesbisch. Und diese andere Frau, mit den roten Haaren, die hat Stan ja sogar selber gevögelt. Das erhebt sie über jeden Verdacht.

IX

Eri gefallen die neuen Tapeten. Durch die Wohnung weht der minzfrische Atem des Aufbruchs, eines zupackenden Pioniergeists. Die Frauen fallen abends müde ins Bett, nachdem sie während des Tages viel erreicht und gelacht haben. Eri berichtet von ihren Fortschritten im Fahrunterricht (Intensivkurs), Liz klebt, wenn sie von ihren Studien Pause macht, noch mehr Tapeten in munteren Farben. Das Frühstück wird um ein Glas Champagner erweitert. Damit man beschwingter in den Tag schreitet, wie in einen Erlebnispark. Gekocht wird am Abend gemeinsam und so lange, bis das Erzeugnis von beiden als gelungen akzeptiert wird. Es ist eine glückliche Zeit. Frida gesundet vollständig, nachdem man sie auf Fischabfälle in Milchreis umgewöhnt hat. Endlich ist es soweit:

Liz beugt sich über die linke, freiliegende Schulter der zitternden Eri, berührt deren Haut mit der Unterlippe, ganz zart, als versuche sie unbemerkt zu bleiben, schabt dann mit den Zähnen leicht über die sich rötende Stelle, ihr Mund saugt sich fest, die Zunge tastet sich vor, wandert über die Schulter zum Hals der Geliebten, der sich, erweicht und verführt, den Lippen entgegenbeugt. Da ist Eris Ohr, das mit geflüsterten Zärtlichkeiten gefüllt, besport werden will. Da ist ihr Mund, der einen ergänzenden Mund sucht für jene stille Sprache der Liebe, die sich mit tausend Nuancen eines Kusses mitteilt. Da ist noch so viel mehr – ein Augenblick unverstellter Zweisamkeit, fernab aller Forderungen und Versprechen, fernab jeglicher Begierde. Ein Moment, der eben noch undenkbar und nicht da war, der, keine Sekunde nach seinem Entstehen, in die behütetsten Archive der Erinnerung wandert. Gäbe es einen Zeremonienmeister der Liebe mit Durchsetzungskraft und Stilbewußtsein, er müßte an diesem Punkt einschreiten, fulminant – mit einem zweifachen Herzletztschlag müßte er beider Dasein für geglückt erklären und beenden.

So aber geht das Leben weiter.

An einem der letzten glutheißen Nachmittage kommt Jonas vorbei. Will Eri unter vier Augen sprechen.

– Ich suche nach Hilfe. Vielmehr – ein Freund sucht Hilfe, du kennst ihn, Angelo – er müßte ein paar Tage untertauchen, hat Ärger, weißt du, und da wollte ich dich fragen, weil – naja – alle anderen hab ich schon gefragt.

– Worum gehts denn?

– Naja, er sucht eine Bleibe. Hat einige Zeit bei mir gewohnt, also nicht direkt bei mir, im Kino, egal, das geht

seit einer Weile nicht mehr, er sitzt auf der Straße, und die Bullen suchen ihn und sogar noch schlimmere Leute. Jedenfalls, naja, ich wollte dich damit eigentlich nicht belästigen, aber mal so unverbindlich fragen …

– Angelo ist ein Verbrecher?

– Nee, naja, er tut verbotene Dinge, aber hauptsächlich solche, die in zwanzig Jahren mal erlaubt sein werden … Und manchmal tut er dumme Dinge, aber nichts Böses. Er ist jetzt im Methadonprogramm. Vorher war er halt nicht im Methadonprogramm, und du weißt ja, wie das dann so ist, das Leben …

Eri weiß keineswegs, wie sich das Leben mit Methadon von jenem ohne unterscheidet. Immerhin: Sie hat Mitleid. Nur keinen Platz in der Wohnung. Sie fragt Liz.

Liz überlegt. Ihr Wohnklo im Souterrain steht leer, fast leer, jedenfalls steht nichts herum, was ein Exjunkie, selbst wenn er rückfällig werden würde, zu Geld machen könnte. *Warum also nicht?*

Zwei Stunden später fährt Liz mit Jonas in dessen altem VW-Bus zu ihrer alten Adresse, übergibt ihm den Schlüssel. Jonas gefällt ihr. Diesen Angelo will sie gar nicht erst sehen. Damit sie künftig im schlimmsten Fall glaubhaft versichern kann, von nichts eine Ahnung gehabt zu haben.

– Sie sind eine wirklich großzügige Frau!

Findet Jonas. Küßt Liz die Hand. Wie altmodisch. Wie stilvoll.

Stan, übers Lenkrad gebeugt, notiert: *Freitag, 18 Uhr. Sie gibt einem Neger ihre Schlüssel.*
Wozu? Was soll das? Jetzt geht sie zur U-Bahn.
18 Uhr 20. Der Neger ist in ihrer Wohnung. Ein Jüngelchen kommt. Die Jalousien werden heruntergelassen.

Eri verkündet am darauffolgenden Abend den Termin ihrer Führerscheinprüfung. Nach zwanzig Dreiviertelstunden, abgeleistet in zwölf Tagen. Sehr guter Durchschnitt. Liz tätschelt ihr den Nacken. Eri gurrt wie fünfzig reisemüde Tauben.

– *Die Zukunft wird schön.*
– *Die Gegenwart ist auch schon ganz schön.*
– *Selbst die Vergangenheit wird dann irgendwann schön.*
– *Dieser Jonas sieht gut aus. Du hast mit ihm gearbeitet?*
– *Ja. Er ist richtig nett.*
– *Hast du dir mal vorgestellt, mit ihm –*
– *Was?*
– *Nein?*
– *Na, doch. Das heißt: Nein, eigentlich nicht. Vielleicht.*
– *Was jetzt? Ja oder nein?*

Eri schweigt. Mag die Wendung nicht, die das Gespräch zu nehmen droht. Jonas ist so groß, so athletisch und schwarz. Sich vorzustellen, wie er untenrum gebaut ist, kam ihr stets sexistisch vor. Sie, so klein und bleich neben ihm, absurd. Gewaltsam, wie ein disproportioniertes Paar auf einer griechischen Vase. Der Stier und das Gazellchen. Eri hat an Jonas nie mit Begierde gedacht. Hat sich ihm in Gedanken hingegeben, das schon, aber immer wie ein Sühneopfer, als kleine Wiedergutmachung für kolonialistische Verbrechen. Alle Phantasien mündeten in eine Art geduldeter Vergewaltigung. Ob Liz dafür Verständnis aufbringen würde?

Die Welt der Konjunktive ist unendlich wie das sich ausdehnende Weltall, geladen mit Möglichkeiten jeder Sorte, Abenteuern und Risiken. Manchmal bleibt davon nur ein Schweigen übrig, das, so aufgeladen es auch ist, bieder und langweilig wirkt.

Angelo sucht Tritt zu fassen im Leben. Das Methadonprogramm läßt ihn nach vielen verbrannten Monaten erstmals wieder halbwegs klar denken. Er wohnt im Apartment einer ihm unbekannten Frau und versucht, den Nachbarn nicht aufzufallen. Meine letzte Chance. Ich sollte, denkt er, ein Foto von mir machen auf diesem Sofa und drunterschreiben: *Meine letzte Chance.*

Sogar einen Job hat er gefunden, jämmerlich bezahlt, in einer Fastfoodkette, aber, so hallen ihm die Worte seines Sozialarbeiters im Ohr, es ginge ja mehr um Beschäftigung als um Bezahlung. *Bloß nicht rumhängen.* Angelo wird von Panik geritten, daß diverse Dealer, denen er noch Geld schuldet, ihm diese seine letzte Chance zerschlagen könnten. Aus Rachsucht oder purer Bosheit. Frühmorgens schon verläßt er die Wohnung, nimmt den Zug in die Vorstadt, zu seinem Arbeitsplatz, in ungesund fettige Luft, kommt abends nach dem kurzen Zwischenhalt in der Drogenhilfe heim und sperrt die Tür hinter sich zweimal ab. Geradezu vorbildhaft, denkt er, *kann das wahr sein? Und kann das gutgehen?* Manchmal lockt die Versuchung, auf dem Schwulenstrich in einer Stunde mehr zu verdienen als beim Burgerbraten an einem Tag. Aber er hat Jonas versprechen müssen, dieses Leben ein für alle Mal aufzugeben. Und hat es sich schließlich selbst wie einen heiligen Eid geschworen.

Jonas. Angelo fühlt sich diesem prachtvollen Menschen, den er aus tiefstem Herzen liebt, so sehr verpflichtet, daß er jeder Versuchung widersteht. Und dabei Stolz auf sich entwickelt. Alle paar Tage, zwischen 22 und 23 Uhr, kommt Jonas vorbei, nimmt ihn in den Arm.

Was sonst noch so passiert, gehört nicht hierher, würde ein falsches Licht auf die Angelegenheit werfen. Das eine hat mit dem anderen aber auch gar nichts zu tun.

Eri ist durch die Fahrprüfung gefallen. Aus Schlamperei. Aus Unachtsamkeit, weil sie sich zu sicher gefühlt hat. Rückwärts in eine Parklücke einbiegen, ohne fremdes Blech zu berühren, diese Aufgabenstellung nicht erfüllt zu haben wirkt für eine Frau so lächerlich klischiert und peinlich. Liz, die mit ihrer Doktorarbeit dem Zeitplan hinterherhinkt, reagiert auffallend trostfaul. Unterschwellig so, als wäre Eri absichtlich durchgefallen, aus Angst vor dem, was doch so sehr notwendig ist. Was wiederum Eri als völlig ungerechten Vorwurf empfindet. Die beiden streiten sich erstmals, doch leise und mit vagen Sätzen, die um das Thema des Konfliktes einen großen Bogen machen.

Nach dem Gesetz wird Eri sich erst in vier Wochen wieder zur Fahrprüfung melden dürfen. Vier Wochen. Liz erinnert sich daran, daß dieser Jonas ihr einen Gefallen schuldet. Quid pro quo. Der Kadaver muß hier weg. Ob es Eri paßt oder nicht. Jonas wiederzusehen wäre auch nicht so verkehrt.

X

Maria Esmeralda Stavros, verwitwete Gonzalez, ist mit dem Zug in die von Eri angegebene Stadt im Norden des Landes gefahren, in die von Eri frei erfundene xxxxxstraße, die sich indes als existent erweist. Unter Hausnummer 14 – und wieviele Möglichkeiten hätte es gegeben? – findet Maria ein Achtparteienmietshaus vor, etwas heruntergekommen, ungefähr so, wie sie sich auch ihren Exgatten vorstellt. Den Namen Stavros sucht sie auf den Klingeln vergeblich. *Vielleicht nennt er sich anders. Aus welchem Grund nur? Oder er wohnt nicht mehr hier.* Das hätte er seiner Tochter bestimmt mitgeteilt. Carl hatte immer eine gewisse Affinität zu seiner Tochter. *Seine* Tochter. Maria denkt von Augusta immer als von *seiner* Tochter, dabei hat dieses Biest *ihr* schwer im Magen gelegen, achteinhalb Monate, die schlimmsten in Marias Leben.

Was will ich von ihm? Daß er mich an unsre schönen drei Jahre erinnert? Ein Anflug von Romantik? Haschen nach verlorener Jugend? Ist es das? Carl war der einzige Mann,

den ich geliebt habe, das weiß ich jetzt. Die Liebe ging vorüber, aber sie war einmal da. Ob er mich überhaupt erkennen würde? Fett, wie ich jetzt bin, mit dieser Müllhalde im Gesicht?
Wir haben uns seit einundzwanzig Jahren nicht gesehen, haben uns nicht einmal Fotos geschickt. Nichtmal das Hochzeitsfoto von mir und José Pedro habe ich ihm geschickt.
Macht man ja auch nicht. Jetzt habe ich das Geld von José Pedro, das in Argentinien mit jedem Monat Rezession weniger wert gewesen wäre. Aber sonst habe ich nichts. Niemanden. Vielleicht ist Carl bedürftig? Vielleicht könnten wir zusammen noch ein paar gute Jahre verbringen. Allzu bedürftig kann er nicht sein. Besitzt immerhin die tolle Penthousewohnung, die er seiner Tochter überlassen hat. Wie selbstlos und dumm. Das Biest könnte genausogut hier wohnen, und ich, mit Carl, in der Penthousewohnung. Das wäre viel natürlicher. Im Norden sind die Winter so zugig und kalt.
Ach ja. Zukunftspläne.
Das ist doch schon was.
Wenn man noch Pläne schmieden kann.
Eisen im Feuer.

So, grob zusammengefaßt, die Gedanken Maria Esmeraldas, während sie im Hotel eincheckt, um sich gründlich in Schale zu werfen für das Wiedersehen mit dem Mann aus der Vergangenheit.

Sie erkennt Carl am nächsten Morgen sofort, als er eben das Haus verläßt, in dem sie gerade eine Klingel nach der anderen durchprobieren wollte. Er geht an ihr vorbei, beachtet sie nicht. Beim Kiosk gegenüber kauft er zwei Zeitungen, setzt sich in ein Freiluftcafé.

Herrgott, ist er alt geworden und faltig. Na gut. Bei Männern kommt das nicht so schlimm, wird, vor allem von Männern, behauptet. Frauen, die sich für nicht so oberflächlich halten lassen möchten, wie Männer es sind, sprechen es dennoch leichtfertig nach. Er ist immer noch hager. Die Haarfarbe ist anders. Ganz grau. Früher, wenn ihm jemand gesagt hätte, daß er mal einen Strickpullover tragen würde – merkwürdig, die hat er doch immer verabscheut. Brille trägt er jetzt auch. Steht ihm. Einigermaßen.

Maria ist nicht sicher, wie sie vorgehen soll. Ihn überrumpeln, sich zu ihm an den Tisch setzen? Ein Gespräch beginnen? Und wie?

Weißt du noch, wie das war, bevor ich schwanger wurde, mit diesem Kind, das uns auseinandergebracht hat? Wie leidenschaftlich das mal war? Der irdische Himmel.

Nein. So eher nicht.

Ob er mich wirklich nicht erkennt, selbst wenn ich seine Erinnerung ein bißchen anstupse? Ich bin eine schöne, schlanke Frau gewesen. Kiloschwer war nur mein funkelnd schwarzes Haupthaar.

Maria spaziert langsam am Café vorüber. Mustert ihn aus

den Augwinkeln. Carl blickt nicht auf zu ihr, bleibt – beinahe penetrant – in die Lektüre der Zeitung vertieft.
Na gut. Ich bin stärker geworden. Wenn ich mir vorstelle, ich und er – er müßte oben liegen, unbedingt, andersrum mochte ers lieber, der Mensch ist kein Gewohnheitstier. Weswegen wohnt er unter falschem Namen? Leidet er unter einem Geheimnis? Und immer noch an Asthma? Ich muß achtgeben, daß ich kein Porzellan zerschmeiße. Seine Gesichtsfarbe wirkt ziemlich gesund.
Jetzt gehe ich schon zum zweiten Mal im Schneckentempo an dem Café vorbei und er beachtet mich noch immer nicht. Die Zeitung von heute muß interessant sein. Irgendwie mach ich mich hier zum Affen.

Maria Esmeralda hat sich nicht mehr unter Kontrolle. Seufzt laut, stampft mit dem rechten Bein – der Mann sieht endlich von seiner Zeitung auf, wirft ihr einen kurzen, prüfenden Blick zu –
Alles in Ordnung?
Weil die dicke Frau nichts erwidert, ist die Angelegenheit für ihn damit erledigt.

Maria flüchtet in ihr Hotel, wo sie der Minibar die Erdnußdose entnimmt, die vor ihr kaum ein Gast je zu würdigen wußte.
Eine langwierige Mission könnte das werden, die präzise überdacht und geplant sein will.

Gegen Abend präsentiert sie dem Frischling an der Rezeption wütend die leere Erdnußdose mit dem längst überschrittenen Haltbarkeitsdatum, simuliert Frühsymptome einer Lebensmittelvergiftung, erwirkt einen fünfzigprozentigen Nachlaß auf ihre Rechnung und ist aufgrund dessen mit dem Tag zuletzt doch fast zufrieden.

Liz legt Eri den neuen Plan dar: Jonas, der richtig nette Jonas, soll Aktivposten der Unternehmung werden, ohne daß man ihm zuviel erklären muß. Jonas hat diesen richtig netten VW-Bus. Zu dritt wird man die Mumie ins Auto schaffen und beerdigen. Irgendwo. Liz beschließt außerdem, den geplanten Abgabetermin ihrer Doktorarbeit um zwei Monate zu verschieben.
Die Alternative im karrieristischen Sinn wäre, sich sofort, am heutigen Tag noch, von Eri zu trennen. Zu trennen? *Also sind wir zusammen?* Ja, sagt Liz zu sich, ja.
So ist das jetzt. Mit allem, was dazugehört. Wir sind zusammen.

Eri findet den Plan erst bedenklich, dann bedenkenswert. Schließlich bedenkt sie ihn ernsthaft. Und plötzlich, während des noch zaghaft-halbherzigen Hinundherdenkens, fällt ihr etwas auf.
Frida ist fort. Von einem Moment auf den anderen (wie auch sonst?) ist die Katze verschwunden. Einfach weg. Spurlos. Überall wird nachgesehen, sogar im Kühlschrank

und in der Waschmaschine. Kein Abschiedsbrief, kein Pfotenabdruck. Ein Mysterium. Zwar wären vernünftige Erklärungen durchaus herzuleiten. Eri hingegen neigt zu Numinosem, aus jener Sehnsucht heraus, die jedes schlichte Geschöpf beseelt. Wenn es, unterbewußt überfordert, die eigene Begrenztheit eingesteht und daraus folgert, daß es von Höherem, Unverstehbarem umgeben sein muß.

Liz wundert sich, wie gefaßt ihre Freundin den Verlust der Katze hinnimmt. Eri ist verstört, verwundert, aber, da es sich offenkundig um ein Mysterium handelt, nicht um einen Trauerfall, gäbe es, sagt sie, keinen Grund, traurig zu sein. Man muß sich, verkündet Eri, Mysterien gegenüber angemessen mysteriös verhalten. Frida sei ja nicht tot, nur einfach nicht *da,* dabei handele es sich um einen jederzeit veränderlichen Zustand.

Liz: *Aha.*

Eri: *Das muß eine Bedeutung haben.*

Liz: *Welche denn?*

Eri: *Eine höhere. Oder tiefere. Ich muß mich mit mir beraten.*

Liz: *Aha?*

Eri schließt sich, ohne weitere Erklärung, im Zimmer ihres Vaters ein. Für eine Nacht und einen Tag. Liz macht sich Sorgen, kann aber vor sich selbst nicht bestreiten, daß eine Prise Mysteriöses der neuen Freundin gut bekommt. Ihr Profil aufregend erweitert.

Zweiundzwanzig Stunden lang bleibt Eri in Klausur. Dann, als Liz zu klopfen wagt, als sie besorgt gegen die Tür hämmert, mit ihren fragilen kleinen Fäusten, kaum größer als pfirsichgroß geratene Aprikosen, öffnet sich besagte, behämmerte Tür. Mit archaischem Pathos. Ergreifend langsam.

Angelo genießt seinen Feierabend. Er hat sich ein Buch gekauft, das erste Buch seines Lebens, und beginnt, darin zu lesen. Ein Buch von Jules Verne, *Die Reise zum Mittelpunkt der Erde.* Er wollte unbedingt etwas *Klassisches* haben, die nette Verkäuferin hat diesen Roman für ihn ausgesucht, wohl aufgrund seiner Ausdrucksweise, mit der der Kunde um etwas Klassisches, *aber nicht zu Schwieriges* bat. Angelo hat, ohne davon zu ahnen, der dankbaren Verkäuferin das Gefühl gegeben, wichtig zu sein, der Menschheit zuweilen pädagogisch wertvolle Dienste zu leisten.
Die Verkäuferin wird am selben Abend den Penis ihres Freundes zum ersten Mal bis zur Ejakulation im Mund behalten. Wird so eine verkorkste Beziehung unnötig um Monate verlängern.
Egal.

Stan klopft an die Tür.
Angelo erschrickt, als er durch den Spion guckt. Es scheint klar: *Die* haben ihn gefunden.
Der Mann (brutale Teilmenge von *die*) wirkt angespannt

und ungeduldig. Wird er die Tür eintreten? Stimmt es ihn gewogener, wenn man ihm widerstandslos öffnet? Angelo kann nicht einfach so tun, als sei die brutale Teilmenge nicht da. Von außen sieht man das Licht, selbst durch geschlossene Rolläden hindurch. Und wenn nicht durch die Rolläden, dann durch den Türspion. Man hätte den Türspion, wie so vieles in der Welt, mit einem Pflaster überkleben können. Hätte, wäre, würde, könnte, müßte. Angelo öffnet.

– Ja bitte?
– Was machen Sie hier? Wer sind Sie?
Angelo ist verwirrt. Es geht nicht um Schulden? Das erleichtert ihn. Erleichtert ihn sehr.
Warum stellt der unwirsche Mensch dann solche Fragen?
Warum stellen Sie mir solche Fragen?
– Die Fragen stelle ich. Was machen Sie in der Wohnung meiner Freundin?
– Ihre Freundin? Ich kenne Ihre Freundin gar nicht.
– Woher wollen Sie das wissen?
– Hä?
– Sie wissen, wer meine Freundin ist, sonst könnten Sie nicht behaupten, sie nicht zu kennen.
Also kennst du sie doch! Rück mit der Sprache raus! Ich wills wissen.

Angelo registriert unwillig den abrupten Übergang zum Du. Auf dieses Niveau mag er sich nicht begeben.
– *Das ist die Wohnung Ihrer Freundin?*
– *Na klar, was denkst du denn?*
– *Haben Sie dafür Beweise?*
– *Willst du mich verarschen?*

Ja, denkt Angelo, das wäre fein. Aber dergleichen traut er sich nicht zu sagen.
– *Ich kann auch mit den Bullen wiederkommen, dann kriegen wir ganz schnell raus, was hier für krumme Dinger laufen.*
– Wieso denn Bullen? Ein Freund hat mir die Wohnung überlassen. Keine Freundin. Ein Freund. Und was geht Sie das alles überhaupt an? Ihre Stirn ist ja gezeichnet von Wut und Verzweiflung. Und etlichen viel niedrigeren Beweggründen!

So in etwa hätte Angelo seine Replik formuliert, hätte er, um an ihr zu feilen, genug Zeit an einer höheren Schule verbracht. Stattdessen sagt er:
– *Sie können mich mal!*
Und wirft, am ganzen Körper zitternd, die Tür zu. Schnauft tief durch.
Wartet, bis der Mann, der es versäumt hat, sich einen Namen zu geben, abzieht.
Jetzt könnte alles gut sein und glücklich überstanden.

Doch Angelo, von gestaltloser Furcht getrieben, Sammelbecken paranoider Phantasien, hält es nicht länger aus in dieser Wohnung einer ihm unbekannten Freundin eines namenlosen Arschlochs. Voller Panik rafft er seine Habseligkeiten zusammen. Gibt die Wohnung vorerst verloren und läuft, mit zwei Plastiktüten, mit allem, was er besitzt, in die Nacht hinaus.

Eri verkündet ihre Entscheidung. Kein Wort über Frida. Man könne Jonas zwar hinzuziehen, aber nicht zu tief hinein. Jonas müsse wirklich nicht erfahren, *was* da transportiert wird. Überdies ist sie soweit, sich mit der Idee vom Pappkarton anzufreunden. Im Keller steht noch ein ziemlich großer, stabiler, in dem vor Jahren der 70-cm-Bilddiagonale-Fernseher geliefert wurde. Sie glaubt sich zu erinnern, daß ihr Vater jenen Karton damals getätschelt, im weitesten Sinne also *gesegnet* hat.

Stan beobachtet die Flucht des ominösen Subjekts durchs Fernrohr, und obwohl er nicht weiß, welche Rolle diesem Menschen zukommt, registriert er dessen Exodus befriedigt. Stan kann diesen Typen instinktiv nicht leiden. Der Kerl sah irgendwie schwul aus. *Was kann Liz mit so einem zu schaffen haben? Tun sich da etwa Abgründe auf? Welcher Art, weshalb, wie, und wer mit wem?*

Angelo hingegen denkt: *Kaum les ich ein Buch, passiert gleich sowas.*
Überlegt sich, welcher von allen ihm bekannten Kreaturen auf Erden er *am wenigsten* Geld schuldet. Das ist nunmal: Eri. An ihr führt kein Weg mehr vorbei. Angelo klingelt. Notgedrungen. Schämt sich, entschuldigt sich, bittet um Hilfe. Bekommt sie. Übernachtet auf der Couch.

Stan ist außer sich. *Der irgendwie tuntige Typ hat sich zu den Frauen geflüchtet. Allerhand. Tiefe, sehr tiefe Abgründe tun sich da auf.* Stan blickt nicht mehr durch, sein Fernglas hilft da nicht wesentlich weiter.

Liz fragt Eri nachts im Bett, was für einer *das* denn sei, ob *das* unbedingt nötig gewesen wäre.
– Ich kenn ihn von meinem letzten Job. Er schuldet mir noch Geld.
– Und du läßt ihn hier pennen?
– Er tut mir leid.
– Mußt ja wissen, was du tust. Oder was er dir tut.
– Was solln das?
– Sags ja nur so.
– Könntest es auch nicht sagen. Zur Abwechslung.
– Dann sag ich eben nichts mehr.

Angelo, in eine Fleece-Decke gehüllt, träumt etwas sehr Sonderbares. Während er, als Lieblingsjünger Johannes verkleidet, dem gekreuzigten Jonas die durchbohrten Füße salbt, sie mit der Hand liebevoll von Schmeißfliegen freifächelt, fällt nebenan, im Tempel zu Jerusalem, ein riesiger Sack Reis um. Eine bibeltiefe Stimme, männlich und mächtig, verkündet, von Donner und bunten Blitzen umrahmt, daß so oder ähnlich alle Reissäcke dereinst umfallen werden, im Tempel des Herrn zu Jerusalem.

Berenice leidet, seit sie ans Bett gefesselt ist, unter gelegentlichen Halluzinationen. Danach klagt sie ihrem Sohn, jemand sei in der Wohnung gewesen, vermutlich Einbrecher, sie habe das Knarzen von Schritten in der Diele gehört und entsetzt um Hilfe gerufen. Jonas, wenn er abends nach Hause kommt, muß sie beruhigen, muß sofort nach allen Wertsachen im Haushalt sehen, deren es kaum nennenswerte gibt, ein wenig billiger Schmuck, winzige Summen Bargeld. Nie fehlt etwas. Am Ende, nachdem sie geschmollt hat wie ein Kind, sieht Berenice regelmäßig ein, sich wohl getäuscht zu haben, nur um beim nächsten Mal nicht weniger panisch zu reagieren.
Der heiße Spätseptember ist ein Unglück für die bettlägerige Frau, sobald man ein Fenster gekippt läßt, zieht ihr Geruch Unmengen Fliegen und Stechmücken an. Sie müßte jeden Tag gewaschen, am besten gebadet werden, Jonas hat dazu kaum Kraft, tut, was er kann. Wenn Bere-

nice gegen elf Uhr abends einschläft, sieht er kurz bei Angelo vorbei, dem nächsten geliebt-gehaßten Problemfall. Im Ohr die Stimme der Mutter:

– *Wann bringst du denn mal ein nettes Mädchen heim?*

– *Hab zuviel zu tun, Mama.*

– *Mit einem guten, nicht zu gefräßigen Mädchen an deiner Seite würde alles leichter, Jonas!*

Nie hätte er ihr sein Schwulsein eingestehen können. Es hätte sie vielleicht nicht sofort getötet, doch auf Dauer tödlich beleidigt. Glaubt er.

Der Arzt meint übrigens, daß Berenice durchaus zu ein paar Schritten fähig wäre, ihr Körper habe sich nur so sehr an das Liegen gewöhnt, daß gewisse an sich funktionsfähige Muskeln sozusagen ihr Gedächtnis verloren hätten. Er rät zu einer Schwimmtherapie in Salzwasserbädern. Nein, von der Krankenkasse werde das nicht übernommen, leider. Jonas kann von seinem geringen Einkommen sich und sie gerade so ernähren, ein paar kleine Scheine bleiben für Angelo übrig. Jonas gönnt sich nichts, kein Kino, keinen Alkohol. Er fährt einen alten VW-Bus, der generalrepariert werden müßte. Wenigstens ist Angelo von der Straße weg. Diese Liz ist eine nette Person. Wenn er Angelo nachts besuchen kommt, dann nicht in erster Linie aus Geilheit. Mehr, um darauf zu achten, daß Angelo die Wohnung dieser hilfsbereiten Liz nicht beschädigt. Heute aber findet er die Wohnung leer vor.

XI *Deleted Chapter.*

An dieser Stelle wurde ein Kapitel getilgt, um der Geschichte mehr Drive zu verleihen. Kilometerlang wird darin geschildert, wie Angelo nach einem tränenreichen Nervenzusammenbruch doch noch eine Nacht länger bleiben darf, wie Jonas zu dem Trio stößt, wie es eine zweite kleine Eifersuchtsszene zwischen den Frauen gibt, die Jonas dadurch schlichtet, daß er Angelo leidenschaftlich küßt und die Melodie von «I'm singing in the Rain» summt.

Solche Dinge, bei denen man dabeigewesen sein muß, um ihnen etwas abzugewinnen.

Kleine Tragikomiken des Alltags. Zwischenmenschliche Stromstöße.

Bis man sich, zwanzig Seiten später, Dienstag morgens vor dem Hochhaus, zu fünft (Eris Vater eingerechnet) zum gemeinsamen Ausflug an die Küste versammelt. Viel Unwesentliches wird penibel erklärt. Deswegen sollen keine Bäume sterben.

Seine Abwesenheit hat Jonas der Mutter Berenice schonend beigebracht. Mit jener Schutzbehauptung, die sie einfach milde stimmen *mußte.* Und sie zum Schweigen verdammt hat.
– *Ich hab ein Mädchen kennengelernt, Mama. Wir wollen ein paar Tage an den Strand fahren. Kommst du bis Samstag allein zurecht?*
Er hat sich so schlecht gefühlt, während die Mutter ihm über die Stirn strich und lächelte.

Die beiden Männer erfahren wenig über den Inhalt der mehrfach mit Paketklebeband versiegelten Pappschachtel im Kofferraum des VW-Busses. Auf eine zaghafte Anfrage Angelos hin murmelt Liz, geheuchelt verschlafen, daß es sich um Sentimentalkram handele, den man unterwegs irgendwo loswerden wolle. Angelo bohrt nicht nach. *Sentimentalkram* – das Wort nötigt ihm Respekt ab, Neid – dergleichen möchte er auch gern besitzen. Geschweige denn loswerden müssen. Und Jonas schweigt, konzentriert sich auf den Verkehr. Am Steuer trägt er Brille, gibt sich spießerhaft korrekt, erstickt mit seiner äußerst defensiven Fahrweise alle nur denkbaren tragischen Eventualitäten.
Offiziell unternimmt man eine Picknickfahrt ins Grüne, zu den küstennahen Pappelwäldern.
Man hat zwei Zelte dabei, Lebensmittel, auch alkoholische, dazu einen Grill, Holzkohle und flüssigen Feuerbeschleu-

niger, Amüsierequipment für die letzten angenehm temperierten Tage und Nächte des Jahres. Stan, über den wir in diesem Kapitel etliche Details erfahren hätten, die am Gesamtbild seiner Figur jedoch kaum etwas ändern würden, fährt in einigem Abstand dem VW-Bus hinterher, mit dem von seinen Eltern zum Zweck etwaiger Verfolgungsjagden ausgeliehenen Porsche. Stellt entnervt fest, daß er nie zuvor so oft auf die Bremse treten mußte wie bei jener Verfolgungsjagd, die den Namen absolut nicht verdient. Absolut überhaupt nicht.

Trotz manch brillanter Schilderung leidet das Kapitel daran, daß es schleppend erzählt ist, sich in psychologischen Exkursen verirrt und im Grunde nur Vorhersehbares enthält. In der *Collector's Edition* wird es unter dem Bonusmaterial erscheinen, für all jene, die meinen, darauf partout nicht verzichten zu können.

XII

Maria Esmeralda hat nächtens einen Entschluß gefaßt. Den bebrütet sie im Halbschlaf, unter 85-DD-Brüsten, bevor sie ihn, von bereits natürlichem Licht ein letztes Mal angeleuchtet, gutheißt.

Daß jener Mann, der einst Marias Gatte gewesen ist, seine ihm vor Gott angetraute Frau nicht mehr erkennt, erkennen will, mag in etlichen dahingegangenen Mariajahren und hinzugewonnenen Kilo Mariagewicht begründet liegen. Der nicht unübliche Tausch von Zeit und Fleisch.

Carls Ignoranz schmerzt – und bietet dabei – hola! hola! – doch die Chance, eine von Grund auf neue Beziehung mit ihm zu beginnen, um lästige Vorgeschichten gekappt. Maria Esmeralda faßt den Entschluß schließlich sogar gestisch, ihre rechte Hand hascht nach einer imaginären Fliege und zerdrückt sie zwischen den Fingern – sie wird sich dem Ignoranten unter falschem Namen vorstellen, wird ihrer Stimme einen argentinischen Akzent verleihen, ungefähr so, wie man das von vergondelten Verwechslungskomödien kennt, die stets ein Happy End garantieren. Damit

die Zuschauer heiter und zufrieden das Theater verlassen. Maria Esmeralda ist sich bewußt, eine noch immer begehrenswerte Frau zu sein. Warum?
Da ist das viele Geld auf ihrem Konto. Aufgrund ihres Körpervolumens hat sie auch weniger Falten zu beklagen als andere Frauen mit 57. Sexuell hat sie noch manches in petto, wenn sie will. Sie wollte selten, aber wenn, zum Beispiel an Silvester, nach der dritten Flasche Merlot – hatte niemand sich je darüber zu beklagen gehabt.
Ich werde mich Carmen nennen. Carmen findet sie einen guten Namen, liederlich, melodiös und opernhaft. *Ein neuer Name ist wie ein neues Leben,* trällert sie und marschiert in den Tag hinaus wie eine Eroberin.

Carmens Zielobjekt flaniert durch die Tiefkühlabteilung des größten Kaufhauses am Ort.
Aha. Tiefkühlpizza. Er nimmt Thunfisch/Zwiebel. Finanziell kann es nicht sonderlich gut um ihn bestellt sein. Oder gibt es Männer, die den Verzehr einer Tiefkühlpizza der Lieferung einer frischen Pizza vorziehen?
Da möchte sich Maria Carmen Esmeralda nicht festlegen. Wahrscheinlich ist es nicht so, aber die Wirklichkeit ist nicht immer wahrscheinlich. Sie legt genau dieselbe Sorte Tiefkühlpizza in ihren Einkaufswagen, schiebt den, dicht hinter ihrem Zielobjekt, zur Kasse.
Ihr tut das Geld leid für die Tiefkühlpizza. In einem Hotelzimmer kann man mit Tiefkühlpizza nichts anfangen. Naja. Investitionen sind unvermeidlich.

– *Ist schmackhaft, diese Sorte, finden Sie auch?*

So Carmens Wortlaut einer versuchten Kontaktaufnahme morgens um elf in der Lebensmittelabteilung des größten Kaufhauses am Ort.

– *Ja.*

Eine kürzere Replik außer gar keiner – schwer denkbar. Carl hat sie nicht einmal angesehen. Keines noch so kurzen Blickes gewürdigt. Das Arschloch. Ganz unverändert. Weshalb muß die Weltkugel soviele Ecken und Kanten haben, an denen rundliche Frauen sich ständig stoßen?

– *Macht fünf fünfzig.* Sagt kurz und knapp die Frau an der Kasse. Carmen erhascht einen Blick in den Geldbeutel des Zielobjekts. Reichlich Kleingeld, wenig Scheine.

– *Ist irgendwas?* Fragt Zielobjekt.

– *Was soll sein?*

– *Sie gucken so.*

– *Ich gucke wie?* Fragt Carmen mit größtmöglichen Augen.

– *Na so.*

– *Ach so? Nein, tu ich nicht.*

– *Sie kommen mir,* sagt das Zielobjekt, *bekannt vor.*

– *Tu ich das?* Carmen lächelt.

– *Ja. Sie standen auf der Straße rum, als ich Zeitung las, gestern, ich erinnere mich.*

– *Geben Sie der Kassiererin doch lieber mal fünf fünfzig, damit wir hier Boden gutmachen.*

Die Kassiererin nimmt Carmens Vorschlag dankbar seuf-

zend auf. Das Zielobjekt will etwas sagen, ohne den Zahlungsverkehr weiter zu verzögern. Ihm fällt nichts Passendes ein, er zahlt und geht. Leicht könnte das Gespräch fortgesetzt werden. Zum Beispiel mit dem Satz: – *Verzeihung, ich wollte Sie nicht drängen.*
Auf die Bitte um Verzeihung hin fühlen Männer sich fast immer zu Konversation genötigt. Die Tusse an der Kasse hingegen mischt sich ein:
– *Die Äpfel hätten Sie abwiegen müssen.*
– *Was?*
– *Macht nichts, mach ich. Moment!*
Die Kassentusse erhebt sich, stumm, halb vorwurfsvoll, halb dankbar (weil sie sich die Beine vertreten darf), aus ihrer Kassenfestung, rennt mit der Tüte Golden Delicious, weil die ja doch gewogen werden muß, in die Obstabteilung. Carmen alias Maria hat wieder etwas fürs Leben gelernt. Ihr Näherungsversuch ist kläglich gescheitert, das Zielobjekt gerät außer Sicht, selbst Äpfel können sich als Fehler erweisen.
Was für ein Gott läßt so etwas zu?

Das Quartett kriecht, simultan zitternd, ins Licht des Oktobermorgens, hat die erste Nacht im küstennahen Laubwald soeben überstanden, in getrennten Zelten, ohne Euphorie. Die Temperatur war deutlich niedriger gewesen als erwartet, man mußte einander wärmen, auf Kosten eingeschränkter Beinfreiheit. Beide Paare haben sich jeweils ei-

nen Schlafsack geteilt, allerhand Gelenke knacksen. Man streckt sich, ächzt, auch die Frauen sondern unätherische Geräusche ab. Man sammelt Reisig für ein Feuer, öffnet Dosen mit gebackenen Bohnen darin, die Männer rasieren sich mit Mineralwasser, Angelo beklagt einen Schnitt in der rechten Backe, ruft nach einem Pflaster.
Kein Pflaster vorhanden. Ein Fitzelchen bespeicheltes Klopapier muß genügen. Genügt auch. Obwohl Angelo leise jammert, wie scheiße das aussehen muß, ist er doch glücklich, an diesem Ort sicher zu sein. Vor wem auch immer.

Eri ist Liz nachts auf die Nerven gegangen. Phantasierte stundenlang von einem selbstgebastelten Floß, auf das sie ihren Vater mit Seilen festbinden und ihn – unter Musikbegleitung – der Strömung überlassen wollte. Wobei das benzingetränkte Floß per Fackel in Brand gesteckt werden und der ebenfalls benzingetränkte Leichnam weithin leuchtend seine letzte Ruhe auf dem Grund des Ozeans finden sollte.
– *Kitsch.* Lautete Liz' spärlicher Kommentar. *Quatsch. Kitschquatsch.* Und realitätsfern. Soviel Aufsehen hätte man bislang sorgfältig vermieden, und nun komme Eri mit so einem albernen Vorschlag daher.
– *Hast ja recht.* Gibt Eri frühmorgens zu, leicht schmollig. Schön wär es doch, denkt sie für sich – und überhaupt kein Kitsch, das müßte der Tote entscheiden, jeder Tote mit

Verstand und Gefühl würde ein solches Begräbnis dem schnellen Verscharrtwerden im Wald vorziehen.
Beinahe jeder. Eri möchte sich nicht anmaßen, für die Gesamtheit aller Toten zu sprechen.

In zwei Kilometer Entfernung gibt es ein Dorf mit Tankstelle. Dorthin werden Jonas und Angelo geschickt, um ein paar frische Lebensmittel zu kaufen. Und Pflaster. Zeitungen. Zigaretten. Noch anderes Zeug, das man bei einem solchen Ausflug gerne vergißt. Währenddessen heben Eri und Liz mit dem kleinen Spaten aus dem Kombi-Kofferraum ein Loch aus im Wald. Stellen erstaunt fest, wie wenig Loch unter ihren Bemühungen entsteht. Der Boden ist hart, sie schaffen kaum dreißig Zentimeter, bei zwei mal einem Meter Grabumfang. Wenigstens wird ihnen warm dabei, und die Sonne bricht durch den Nebel, illuminiert den Laubwald, als müsse der für einen König-Artus-Film Kulisse stehen.

Jonas und Angelo werden auf ihrem Botengang von einem Porsche verfolgt. Werden, weil sie das nicht wahrnehmen im Morgentran, von jenem fast überfahren. Sie springen so grade eben noch zur Seite, brüllen, von finsterem Pfützwasser bespritzt, dem Fahrer hinterher, der davon seinerseits nichts wahrnimmt, nicht akustisch jedenfalls, jedoch freut er sich an den wütend fuchtelnden Figuren im Rückspiegel. Mehr Grund zur Freude ist ihm gerade nicht gegeben. Stan blickt immer noch nicht durch.

Hauptsache! Naß machen! Egal wen! Verreckt doch alle! Stan pfeift ein fröhliches Gutelaunelied mit, das im Autoradio läuft. Mit engerwerdendem Brustkorb. Hält den Wagen an, um zu weinen. Dann onaniert er. Und weint weiter. Kauft an der Tankstelle Cognac, um soviel unvorhergesehenen Flüssigkeitsverlust auszugleichen. Erkennt, inmitten einer einzigen Sekunde, die gesamte Verderbtheit und Aussichtslosigkeit seiner Existenz. Gewinnt an Größe, während er das alles erkennt, ja akzeptiert. Wird, findet er, einem von jüngeren Göttern besiegten alten Gott entfernt ähnlich *(weit genug entfernt ist alles allem ähnlich),* beschließt, den Rest seines Daseins anders zu verbringen, ganz anders, rast davon, mit quietschenden Reifen, während ihm immer neue Tränen aus den Augen schießen.

Liz und Eri bedecken die geringe Ausbeute an Loch mit Laub. Nicht, daß einer der Männer beim Waldspaziergang auf die Idee kommt, seinen Darm grabschänderisch dorthinein zu entleeren. Der bloße Gedanke ist so grauenhaft aufwühlend, daß sich die Frauen gezwungen sehen, einander ruhig zu küssen.
Die erotische Passage, die an dieser Stelle herausgekürzt wurde, war eigentlich nicht schlecht, ziemlich drastisch und dennoch – in Maßen – poetisch. Der Verlagsvolontär habe nach Abschluß des Lektorats die Seite aus dem Abfalleimer gefischt. Erzählt die Putzfrau. Kopien davon sollen im Internet kursieren. Wie auch immer.

Das Thermometer zeigt inzwischen 17 °Celsius, bei Windstille. Der Tag am Strand soll entspannend sein, unbeschwert, man hat ein Bocciaspiel dabei und ein Frisbee. Angelo konzentriert sich und versinkt, zunehmend fasziniert, in den ausgedachten Abenteuern des Jules Verne. Eri hat Angst vor dem Frisbee, benutzt beide Hände, um es zu fangen. In den Klippen liegt ein toter Fisch, den die letzte Flut auf die Felsen geschwemmt hat. Jonas findet nichts eklig dabei, den roten Knurrhahn (Chelidonichthys kumu) auszunehmen. Atavistischer Kitzel, es mit einem scharfen flachen Stein zu tun. Ihn auf einen Stock zu spießen, darunter ein Feuer zu entzünden, im grobkörnigen Sand. Feuer allein ist Abenteuer genug für den ersten Tag. Die Städter können sich stundenlang damit beschäftigen. Ob sie drin scharren, ihm Luft zuwedeln, hineinblasen oder ob sie der Glut dürres Reisig zur Nahrung geben, alle haben zu tun und zu sehen. Werden auf angenehmste Weise melancholisch, ahnen die großen, ewigen Gesetze des Brennens, Leuchtens und Vergehens, die in und hinter jedem Feuer zu lesen sind.

Bis auf Angelo, der lieber im Buch liest und über Stunden keinen Ton von sich gibt. Er möchte gerne allen verkünden, wie toll er das findet, will jedoch nicht als Anfänger gelten. Der Strand ist leer, von den vier Wahlverwandten abgesehen, sie könnten alles machen, unbeobachtet, was immer sie wollten. Bis in der Ferne, am südlichen Rand der Bucht,

Motorgeräusch hörbar wird. Das dezente Rasseln einer Handbremse. Stan hat erkannt, daß die Rolle eines alten, von jüngeren Göttern besiegten Gottes seinem Inneren wenig entspricht. Während der letzten dreißig Minuten hat er an nichts anderes gedacht als an Liz' Genitalbereich, diesen hübsch lachsfarbenen Vorhof des Paradieses und jenen einzigartig zarten, doch gehaltvollen Duft, der ihm entströmte, flieder- und walnußähnlich, zitronig im Abgang, über alle Maßen vermissenswert. Stan hat viel Cognac getrunken, erhebt sich, übergibt sich – und setzt sich wieder hinters Lenkrad. Tastet nach dem Fernglas.

Der Fisch schimmert goldbraun und verzehrfertig. Die Frauen lehnen es ab, von ihm zu kosten, seine Todesart scheint ihnen nicht natürlich genug gewesen zu sein, obgleich diese doch, kalt betrachtet, um einiges natürlicher war als jegliches Ende am Angelhaken. Egal. Jonas ißt ihn. Jonas ißt den Fisch. Liz, als gebildete Person empfänglich für Metaphern, erwärmt sich an der Tatsache als solcher. Lächelt.

Eri sieht Liz zu, wie sie Jonas zusieht. Mißversteht die Funken in Liz' Augen und beugt sich zu Angelo hinüber, um ihn mit einem Kuß auf die Stirn bei seiner Lektüre zu unterbrechen.

Was Liz wiederum dazu bringt, von Jonas abzusehen und, beleidigt, eine Handvoll Sand ins Feuer zu werfen. Angelo fühlt sich von Eris Lippen peinlich berührt. Kapiert nicht, wozu das gut gewesen sein soll. Jonas kratzt Meersalz von einem Felsen, reibt es über die goldene Fischhaut und schwärmt.

Die Dürre hat den Tuntigen geküßt. Dann macht Liz mit dem Bimbo rum?

Stan muß sich nochmal übergeben. Überproportionierte Afrogemächte tanzen ihm vor den Augen, schleudern literweise Ejakulat über kreischende weiße Frauen in Demutshaltung. Das also war der Grund gewesen. Der Grund, ihn, Stan, zu verlassen. Darum drehte sich alles.

Was unternimmt man gegen die Gier der Frauen auf überproportionierte Afrogemächte? Dem kann Stan nichts auch nur Ähnliches entgegenhalten. Er versucht es. Nein, nichts.

XIII

Der Nachmittag am Meer geht in Würde zu Ende. Zieht sich zurück, auf dem langen gelbroten Teppich, den das Sonnenlicht pünktlich für ihn ausgelegt hat. Auch Liz und Eri haben sich zurückgezogen und lange miteinander diskutiert, haben einiges klargestellt, haben sich manches eingestanden und Mißverständnisse ausgeräumt.
Jonas und Angelo haben sich ebenfalls zurückgezogen, ohne jedoch viel zu diskutieren.
Während sie im Zelt beinahe wortlos und in blindem Verständnis interagieren, sind die Frauen damit beschäftigt, das Loch im Wald – noch ist es nur ein Loch, kein Grab – um vierzig Zentimeter zu vertiefen. Das angewärmte Erdreich schaufelt sich deutlich bereitwilliger.
Stan schleicht um den VW-Bus. Der Wagenheber in seiner rechten Hand weiß auch nicht genau, was er hier soll. Vermutlich als Waffe dienen.
– *Du sollst den Nigger erschlagen.*
– *Ich hab noch nie irgendwen erschlagen, ich bin ein Wagenheber.* Sagt der Wagenheber.

– Du bist, zu was ich dich bestimme.
Da schweigt der Wagenheber. Was normal ist. In dieser Situation.

Gestöhne aus einem der Zelte. Liz? Nein, klingt nach der Tunte. Das andere Zelt steht leer. Stan öffnet leise den VW-Bus. Er möchte so gern irgendetwas tun, das dem verhaßten Dschungelmenschen weh tun könnte. Der Wagen gehört – mit großer Wahrscheinlichkeit – dem Bimbo.
Abfackeln! Gute Idee, aber – Brennbeschleuniger. Kein Brennbeschleuniger da. Man müßte ein Rohr haben, um Benzin aus dem Auto abzusaugen und ins Wageninnere zu spritzen. *Hihi. Mist.* Selbst wenn ein Rohr vorhanden wäre, der Tank ist abgeschlossen.
Abgeschlossen! Der Bimbo ist raffiniert! Stan öffnet den Kofferraum. *Irgendwas tun, irgendwas. Damit ich nicht völlig umsonst gelebt habe.*
Sein Blick fällt auf das große würfelförmige Ding, das sich bei näherer Untersuchung als Pappkarton für einen Fernseher erweist. Dutzendemal mit Paketklebeband umschlungen.
Was ist das? Ein Fernseher? *Egal, irgendwas. Beute!*
Stan lädt den Würfel auf seinen Rücken. Das Licht einer starken Taschenlampe schwankt aus dem nahen Wald heran. Er stolpert davon, wirft die Schachtel – *dreißig Kilo, mindestens* – auf den Beifahrersitz des Porsche und gibt Gas.

Maria «Carmen» Esmeralda hat es nicht über sich gebracht, die erworbene Tiefkühlpizza einfach wegzuwerfen, aufgrund ihrer Erziehungsmaximen, denen zufolge man mit Essen weder spielt noch es ohne Not verkommen läßt. Sie hat die Pizza im Kühlschrank ihres Hotelzimmers deponiert und lange darüber nachgedacht. Wohl länger, als über eine Pizza Thunfisch/Zwiebeln jemals nachgedacht wurde. Maria, Carmen und Esmeralda ziehen in die Schlacht. Klingeln, in einer Person vereint, bei Carl. Zuvor bei allen Mietern des Hauses, die nicht Carl sind. So lange, bis Carl, und kein anderer, öffnet.

– Ja bitte?
– Erinnern Sie sich an mich?
– Ja. Sie waren heute im Kaufhaus.
– Ich habe diese Pizza.
– Und?
– Und keinerlei Möglichkeit, ihr die Wärme zu geben, die sie braucht.
– Entschuldigung?
– Sie essen doch sowas. Tun Sie doch. Leugnen Sies nicht! Zwecklos. Ich habe diese Pizza.
Aber keinen Ofen. Keine Feuerstelle. Was also tun? Möchten Sie sie haben?
– Ich bin mir nicht sicher, ob ich verstehe.
– Sie könnten dieser Pizza die nötige Hitze verabreichen, auf daß wir sie uns teilen. Daran ist fast gar nichts kompliziert. Ich heiße Carmen.

– Sie wollen, daß ich diese Pizza annehme?
– Exakt.
Carmen betrachtet Carl lächelnd bei dessen Versuch, die Situation zu begreifen.
Sichtlich überfordert, steht er einfach da und schweigt. Bis er endlich stammelt:
– Ich kenne Sie ja gar nicht.
– Carmen. Wenn ich mich wiederholen darf. Und selbst?
– Ich heiße ... Warum wollen Sie das denn wissen? Was wollen Sie von mir? Verfolgen Sie mich?
– Nein. Ich bringe nur die Pizza. Hier stehe ich und kann auch anders.
Carl hat Seltsames stets gemocht. War so einer, der vor nichts, was ungewöhnlich war, je kapituliert hat. Aus purem Kontrollgehabe.
– Von mir aus kommen Sie rein. Dann müssen Sie mir aber einiges erklären.

Vor den Zelten trifft man sich, Putenbrustspieße und Marshmallows verfärben sich über dem Lagerfeuer, dazu wird Bier getrunken und Weißbrot geröstet. Man kommt sich näher. Mit jedem neuen Bier steigen die Sympathiewerte der Männer bei den Frauen und umgekehrt. Es werden Lieder von den Beatles und Robbie Williams gesungen. An der Akustikgitarre: Jonas. Der Rest: Rhythmussektion. Nach Stunden, in denen Lieblingsfilme empfohlen werden und versteckte Restaurants (Eri hält sich mit Emp-

fehlungen zurück, notiert sich aber einiges), in denen über Drogenpolitik debattiert wird und über die Machart von Pornos, die auch Frauen gefallen könnten, nach Stunden, in denen die Themen zusehends schlüpfriger werden, bis hin zu Nachteil und Nutzen gleichgeschlechtlicher Leidenschaft im Alltag – was ist eigentlich das Antonym zu Alltag? – Jonas intoniert als Antwort *Perfect Day* von Lou Reed, alle grölen mit, um Mitternacht, nach etwa drei bis vier Litern Bier pro Nase, kommt das Gespräch auf Kinder. Liz, von der es keiner erwartet hätte, fängt damit an.
– *Ich will unbedingt einmal ein Kind.* Sagt sie. Und sieht Eri dabei an, als fordere sie sie auf, gut zuzuhören. Eri schüttelt widerwillig den Kopf. Jonas möchte ebenfalls Kinder, am liebsten vier oder fünf. Angelo hat darüber nie nachgedacht. Ihm geht das alles zu schnell.
– *Wir könnten zusammenziehen, wir vier. Und Kinder adoptieren.* Jonas lacht, so originell findet er seine Idee. – *Wir haben Möglichkeiten! Wir dürfen keine Kinder adoptieren. Also, was tun wir? Wir geben uns als zwei gemischte Paare aus. Und ziehen die Kinder gemeinsam auf.*
Nun grinsen alle, stoßen mit Bierflaschen an. Eine WG! Kommune! Ein Revival. Staat austricksen. Jau.
– *Warum eigentlich adoptieren? Wir können doch selbstgemachte Kinder haben. Also, ich bin gesund.* Behauptet Liz.
– *Was meinst du?* Für Eri nimmt das Gespräch eine unangenehm intime Wendung.

– Na hör mal, ich möchte kein Kind vom Storch, möchte schwanger sein, möchte was heranwachsen sehen in meinem Bauch. Das ist doch das Wesentliche!

– Und?

– Ich will doch kein völlig fremdes Kind mit nicht nachprüfbarer Genkartei. Ich will ein Stück von mir in mir. Da hab ich doch gar kein Problem damit.

Ein Stück von mir in mir? Was meint sie damit? Der Text gibt wieder, was gesagt wurde, wo andere Texte lügen und die alkoholisierten Sätze synchronisieren würden.

– Womit?

– Das ist doch keine wilde Sache. Braucht nicht mal Körperkontakt. Geht auch ohne. Es gibt Pipetten, mit denen kann man Sperma sachgemäß den Eileiter hinaufbefördern, okay? Aber im Grunde ist ein Penis auch nur ne Pipette, wenn man das technisch und nicht so eng sieht. Eine fette Pipette. Jonas würde mir das Ding sicher kurz leihen, nicht?

– Ich verstehe. (Eri)

– Ööh. Mo-ment … (Jonas, an Unterhaltszahlungen denkend)

– Fette Pipette, hä? Hihi. (Angelo)

– Quatsch. Schau: Ich seh ihn ganz zweckgebunden. Er ist groß und schlank, freundlich und musikalisch. Und ich habe nichts, überhaupt nichts gegen gemischtrassige musikalische Kinder, das will ich hier mal hervorheben. Das ist ein Schritt in die richtige Richtung. Alles vorhandene

Leben so lange durchmischen, bis endlich Frieden herrscht auf dieser Welt!
Liz ist betrunken, tätschelt Jonas' entblößte Schulter. Angelo, der sich in dieser Diskussion bislang zurückgenommen hat, flüstert:
– Scheiße.
Die Stimmung ist mit einmal rettungslos verdorben. Wie so oft bei Lagerfeuerbier war das letzte eines zuviel. Nur Liz versteht nicht, warum die Runde sich auflöst.

Carmen und Carl sitzen in der kleinen Küche, an einem weißlackierten Tisch. Die Zubereitungszeit der aufgeweichten Pizza beträgt fünfzehn Minuten, und genau diese werden Carmen eingeräumt, um sich und ihr Anliegen zu erklären.
– Carmen und Carl. Das paßt phonetisch hübsch zusammen.
– Wer ist Carl?
– Na wer wohl?
– Etwa ich, glauben Sie? Ach so, das ist also nur eine plumpe Verwechslung! Ich bin nicht Carl, nein. Sie haben den falschen Carl. Ich meine, Sie haben überhaupt keinen Carl.

Wovor hat er Angst? Weshalb verleugnet er sich strikt, selbst jetzt noch, mit seinem Namen konfrontiert? Was hat ihn bewogen, das schöne Leben in der Metropole ge-

gen dieses hier einzutauschen, gegen diese zugige Altbauklitsche, in einer Stadt, die die Bezeichnung kaum verdient? Gibt es da ein Geheimnis? Hat er etwas zu verbergen?
– Wie soll ich Sie denn dann nennen?
– Nennen Sie mich irgendwie, ist mir egal.
– Dann kann ich Sie genausogut Carl nennen.
– Wenn es Ihnen hilft. Bitte sehr. Warum rücken Sie nicht mit der Sprache raus? Wer ist dieser Carl und was wollen Sie von ihm? Was macht Sie glauben, daß ich es bin? Ich bin zwar nicht Carl, aber neugierig bin ich jetzt doch.

Von einer Sekunde auf die andere wird Maria «Carmen» Esmeralda unsicher. Etwas beschleicht sie. Ein komisches Gefühl nennt man das wohl. Jemand, der seine Identität so hartnäckig verleugnet, hat meistens auch Gründe dafür, Gründe, die womöglich schwerer wiegen, als man vermutet. Ob er mich wirklich nicht erkennt? Ob er mich nicht erkennen will?
– Ihre Tochter – ich kenne Ihre Tochter, flüchtig, früher waren wir mal eng, lange her …
– Meine Tochter?
Was macht er denn jetzt? Er greift zum Messerblock, zieht ein sehr großes Messer heraus, öffnet den Backofen. Ach so. Zerteilt die Pizza in sechs Stücke, salzt und pfeffert sie.
– Bitte sehr. Oder haben Sie keinen Hunger mehr?

– Kann ich etwas zu trinken haben?
– Wasser?
– Wenn sonst nichts da ist …

Der Mann, dessen Gesicht plötzlich sehr angespannt wirkt, füllt ein Glas mit lauwarmem Leitungswasser. Stellt es vor sie hin. Eine Geste der Geringschätzung, demonstrativer kaum vorstellbar. Er streicht mit vier Fingern über seine unrasierten Wangen. Starrt knapp an Marias Gesicht vorbei, mit zusammengekniffenen Augen.
– Was ist nun mit meiner Tochter?
– Ähmm. Naja …
– Essen Sie! Sie wollten doch essen.
– Jaja. Eigentlich immer. Sonst. Sieht man mir auch an, nicht? Nur gerade …
– Weshalb reden Sie über meine Tochter? Was fällt Ihnen ein?
– Ich bin mir nicht sicher …
Maria wischt Schweiß von ihrer Stirn. Trinkt das lauwarme Leitungswasser.
– Ich höre?
– Sie ist jetzt groß, Ihre Tochter …
– Groß?
– Na, eben ausgewachsen, mein ich …
– Meine Tochter? Ausgewachsen?
– Sie hat mir diese Adresse gegeben.
– Hat sie? Wirklich?

– Nicht sofort. Ich mußte ihr erst ein wenig auf die Nerven gehen.
– Meine Tochter ist tot.
– Das tut mir leid.
Maria bemerkt, wie ihr Gegenüber mit den Tränen kämpft. Zwischen ihm und Augusta muß etwas vor sich gegangen sein, von dem sie nicht das Geringste geahnt hat. Das schlimme Mädchen. Der arme Carl.

– Würden Sie jetzt bitte gehen?
– Mach ich.
– Dann tun Sies! Sitzen Sie nicht länger hier herum!
– Ich darf aber wiederkommen?
– Nein.
– Carl, bitte, wir müssen darüber reden. Du hast doch sonst niemanden …
– Nein und nochmal nein. Raus hier!
Rabiat. So ist er früher schon gewesen, sobald ein gewisser Punkt erreicht war. Konfliktscheu. Unnahbar. Ganz der alte. Eigensinnig bis zur absoluten Verstocktheit. Das hat ihr immer so gefallen an ihm, der Moment, wenn er seinen Willen durchzusetzen beschloß, gegen jede Vernunft. Anders als das friedfertige Gesocks, das nach ihm kam. Maria Carmen Esmeralda fühlt sich außerordentlich jung, als hinter ihr die Wohnungstür ins Schloß geworfen wird.

Stan sitzt in dem Zimmerchen über der Tankstelle, das er für wenig Geld gemietet hat.
(Die Beschreibung des Zimmerchens wurde gekürzt, wer braucht das?) Besieht sich seine Beute, die, ungeöffnet, vor ihm auf dem Tisch steht. Was er getan hat, war selten blöd. Das sieht Stan nun reumütig ein. Was kann so eine Schachtel schon Wertvolles enthalten? Er hat mit dem Teppichmesser einen kleinen Schlitz gemacht, links unten, der nicht auffallen dürfte, und hat den Zeigefinger hineingesteckt.
Der Inhalt fühlte sich spröde an, aber elastisch, wie Hartgummi. Dann wieder stellenweise weicher, wie getrocknete Feigen. Stans Finger roch danach scharf, minzig und schwach nach Gewürzen, oder ätherischen Ölen. Vermutlich enthält der Karton irgendwas zu essen. Gepökeltes? Spanischen Schinken? Deswegen den gewaltigen Vorteil einzubüßen, daß der Feind von einem nichts ahnt – idiotisch. Aber ist es wirklich schon zu spät? Nein, ist es nicht. Nicht unbedingt.
Gegen vier Uhr morgens parkt Stan am Waldrand, schleicht sich zum VW-Bus, öffnet den Kofferraum, hievt die Schachtel wieder hinein, vielleicht hat ja niemand was bemerkt.
Bestimmt sogar hat niemand was bemerkt. Einer, der feststellt, daß man ihn beklaut hat, verschließt seinen Kofferraum erstmal. Das ist so. Schon allein, weil es das einzige ist, was derjenige tun kann, egal, obs noch was nützt oder nicht.

Foalla ist der Name eines rangniederen zentralafrikanischen Naturgottes, der eigentlich *N'ukushdu* heißt, jedoch durch einen kolonialzeitlichen Übertragungsfehler außerhalb, manchmal sogar innerhalb Zentralafrikas *Foalla* genannt wird. Ein kleinmütiges, rachsüchtiges und zu mietendes Achgottchen, eher eine Art Kobold, dessen Dienstleistung derjenige herbeibetet, der einem anderen Böses will, doch um Himmels willen nicht zuviel. Foalla ist zuständig für jede Art Verwünschung oder Voodoo von geringfügiger Wirkung, beliebt besonders bei eifersüchtigen Teenagern. Eine Art spiritueller Herpes, der, wenn er sich in die Menschenwelt begibt, tatsächlich in Pickel- und Bläschenform auftritt, als leichtes Fieber, das für weise, eingeweihte Frauen als violette Aura auf der Haut des Erkrankten erkennbar ist. Schlimmeres vermag Foalla nicht, sein positiver Aspekt besteht darin, für die optimale Saftigkeit von Melonen zuständig zu sein.

Stan läuft durch den bläulich mondbeschienenen Wald, denkt in Sachen Bimbobekämpfung über neue, verbesserte Maßnahmen nach – und stürzt. Etwas reißt ihm den Boden unter den Füßen weg. Eingebrochen in ein halb metertiefes Loch, liegt er da, Stirn und Mund voll bitterfeuchtem Laub. Etwas Hinterhältiges hat ihm den linken Fuß abgerissen. So fühlt es sich an. Stan wimmert. Seine zusammengebissenen Zähne halten dem Ansturm der Schreie gerade so stand.

Er zieht das Bein aus dem Loch wie einen Fremdkörper, wie die Feuerwehr ein Auto aus dem See. Befühlt es, von oben nach unten. Der Fuß ist noch dran. Der Knöchel ist gebrochen. Oder verstaucht. Kriechend legt Stan die hundert Meter zum Porsche zurück, steigt ein, fährt los. Und brüllt ununterbrochen, abwechselnd vor Schmerz und vor Wut, die ganze Strecke über zur nächsten Notaufnahme, die er, stockheiser, gegen halb sechs Uhr erreicht.

XIV

Als Liz und Eri bei Sonnenaufgang das Loch vertiefen wollen, liegen die belaubten Äste, die sie zur Tarnung über das Loch gebreitet hatten, zerknickt am Boden der Grube. Auch ist in der feuchten Erde deutlich ein Sohlenabdruck erkennbar. Jemand ist hier gewesen, die Existenz des Loches ist kein Geheimnis mehr und die Karriere des Loches als künftiges Grab damit beendet.

– *Was machen wir denn jetzt?* Eri wischt zwei Tränen von den Wangen. Soviel Mühe umsonst. Was schwerer wiegt: In diesem Wald sind nachts Leute unterwegs! Was haben nachts Leute in einem Wald wie diesem zu schaffen?

– *Obs einer von unseren Jungs war?*

– *Glaub ich nicht. Die haben die ganze Nacht geschnarcht.*

– *Wir brauchen einen Plan B. Am besten noch C und D.* Und schnell. Jonas muß morgen wieder zur Arbeit und Angelo geht das Methadon aus.

Liz schlägt vor, Benzin zu besorgen und den Karton samt Inhalt zu verbrennen. Aber das sagt sie nur, um irgendwas zu sagen. Es würde zuviel Rauch entstehen, Rückstände würden bleiben, Knochen, Fragen danach, nein, der Vorschlag taugt gar nichts. Ein Boot mieten, die Leiche mit Steinen beschweren und im Meer versenken? Taugt auch nichts. Zuviele Zeugen, der Körper könnte wieder nach oben kommen, würdelos ist es auch, wegen der hungrigen Fische usw.

– Wir müssen den Karton erstmal loswerden. Zwischenlagern. Jonas und Angelo werden Fragen stellen, wenn wir den wieder mit nach Hause schleppen.

– Und dann?

– Dann lösen wir das Problem auf jene Weise, die uns bis dahin eingefallen sein wird.

– Okay. Wo stellen wir die Kiste unter?

Die vorhandenen Möglichkeiten werden geprüft und allesamt verworfen. Es gibt schlicht zuviele Menschen, die sich den Tag damit verkürzen, an entlegensten Orten zu schnüffeln, selbst in Felshöhlen. Dort sogar besonders gerne.

– Weißt du was? Wir schicken den Karton per Post!

– An wen?

– Na, an dich. An uns. Damit gewinnen wir Zeit!

Wie Liz eben «an uns» gesagt hat, dafür gibt Eri ihr einen dankbaren Kuß. Die Idee ist nicht eben spektakulär, aber mit das Beste, was aus der Situation zu machen ist.

Keine Stunde später, nach einem längeren Fußmarsch, betreten die Frauen das winzige Postamt des Dorfes.
– *Zerbrechlich?* Fragt die dunkelhäutige, ausgesprochen hübsche Beamtin am Schalter.
– *Ja. Doch. Schon.*

Maria Carmen, aufgebracht über den Rauswurf, hockt im kalten Treppenhaus, spürt, leicht widerwillig allerdings, wie ihre Wut sich in Erregung verwandelt. Man kann nicht sagen, daß ihr Gleichgültigkeit entgegengebracht wurde. Alles andere aber stellt eine Form von Zärtlichkeit dar. Zumindest deren entfernte Abart.
Selbstverständlich ist das Milchfrauenphilosophie; es hilft, das zählt. So billig wird Carl nicht davonkommen. Dieser Mann wird noch, wird wieder, das schwört sie sich, bei ihr liegen, in ihr sein. Und wenn sie ihn dazu auffessen muß. Plötzlich, über ihr, Schritte. Sie schwenkt den Kopf. Carl steht da, die Hände in die Hüften gestemmt. Ein finsterer Anblick, ganz Silhouette, die Funzel im Treppenhaus leuchtet ihn nicht gerade vorteilhaft aus.
– *Ich habs mir überlegt. Kommen Sie! Ich bin unfreundlich gewesen. Es tut mir leid.*
– *Dann erinnerst du dich an mich?*
– *Ja. Sie standen im Supermarkt hinter mir. Hatten Ihre Äpfel nicht gewogen. Was solls? Fehler passieren.*
– *So weit reicht deine Erinnerung an mich zurück?*
Carmen zeigt sich verblüfft und verunsichert. Was bedeutet das nun?

– Was bedeutet das nun?
– Sie wollten doch mit mir reden. Ich habe lange nicht mehr mit jemandem so viel geredet wie mit Ihnen. Mein Mund ist soviel Reden nicht mehr gewohnt, aber was solls?
– Erkennst du mich denn?
Carl, der in Wahrheit Martin heißt, dreht sich, statt eine Antwort zu geben, um und schlurft die wenigen Stufen zu seiner Wohnung hinauf. Vielleicht ist es eine ganz dumme Idee, denkt er sich. Seit dem Unfalltod seiner Familie – seine Frau, Cora, und die einzige Tochter, Julia, kamen bei einem Eisenbahnunglück um, vor zwanzig Jahren – hat er sich von der Welt abgeschottet, und nun tritt diese Fremde in sein Leben, und er fühlt plötzlich Lust, den allabendlichen halben Liter Scotch mit ihr zu teilen. Eine dicke Matrone, unansehnlich, nichts, von dem ein Mann am Tage träumt. Aber was solls? Mehr hat selbst die Vorsehung nicht mehr vorgesehen für einen wie ihn. Er schenkt zwei Weingläser voll mit Scotch.
Zögernd noch, leidlich verstört, schließt Carmen hinter sich die Wohnungstür.
– Bist du in der Küche, Carl?
– Bin ich.

Stan, mit gipsgeschientem linken Knöchel und gesunkenem Lebensmut, sitzt im Zimmerchen über der Tankstelle und beobachtet die Straße. Hadert mit der Welt und sich. Raucht viel.

Liz und die Dürre gehen unter seinem Fenster vorbei. Und was schleppen sie da, zu zweit?
Den weißen Karton, der vor nicht allzuvielen Stunden noch hier, auf diesem Tisch gelegen hat. Stan sieht ihnen durch den Feldstecher hinterher, gute zweihundert Meter, bevor sie ein Gebäude betreten. Das Postamt.
– *Ich hätte die Schachtel doch öffnen sollen.* Denkt er sich, zuerst ganz ohne konkretes Argument, nur so, aus dem Bauch heraus. Einige Gedankengänge später wundert er sich, warum man eine sperrige Kiste erst zum Strandausflug mitnimmt, dann zur Post gibt. Welchen Grund mag es dafür geben? Aber Menschen tun eben Dinge aller Art; die Gründe, die sie dafür haben, sind oft genug banal.

– *Hätte ich jetzt eine geladene Pistole zur Hand, ich würde mir die Kugel geben. Gott, wenn du willst, daß es jetzt gleich vorbei ist, gib mir die geladene Pistole, reich sie mir vom Himmel hernieder und ich werde deiner Anregung untertänigst Folge leisten.*

Stans Hand bleibt leer. Keine Pistole.
An allem, was von nun an folgt, trägt Gott eine Mitschuld.
So, blau auf grau, steht es in Stans Notizbuch.

Der letzte Tag am Strand endet in einem heftigen Mittagsgewitter, das, obwohl von allen angefeindet und verwünscht, Gutes in sich birgt. Man hockt zu viert im VW-

Bus, ist sich gezwungenermaßen nahe, hört Autoradio und enthüllt im Laufe der Unterhaltung etliches von sich, das ansonsten Jahre der Bekanntschaft benötigt hätte, um in Worte gekleidet zu werden. Jonas erzählt von seiner kranken Mutter, die ihn, als sie noch nicht krank war, gern geschlagen hat, weshalb er ihre Krankheit im stillen genießt und sich lauthals dafür schämt. Eri berichtet über das Englische Fräulein, das sie vor dem Schlafengehen im Internat gern auf den Mund geküßt hat. Eine beinah vergessene, eher sachte Sache, der sie nachträglich Bedeutung beimessen möchte, was nicht überzeugend gelingt. Liz erzählt von ihrer Nacht mit Red Hot Alf, als sie zum ersten Mal Sex, recht passablen Sex, mit dem Gedanken an Geld verbunden hat, woran sie nichts verurteilenswert findet, zumal sie sich ja *gegen* das Geld, gegen Alfred entschieden hat, der nun tot ist, vielleicht aber leben könnte, wenn – ja wenn – so genau weiß man eben nichts. Schuldgefühle entstehen schnell.

Angelo beichtet seinen Einbruch im Supermarkt, ausgerechnet das wird zur langweiligsten Offenbarung im Sturm. Die Episode mit dem Rinderfilet erzählt er so, daß niemand auch nur ein halbes Mal lachen muß.

Gegen vier Uhr faltet man die durchnäßten Zelte zusammen, füllt den Kofferraum. Bricht auf zur Heimfahrt. Jonas bemerkt das Fehlen des Sentimentalkramkartons. Glücklicherweise gehört er zu jenen Ausnahmemenschen, die Erkundigungen danach als indiskret empfinden.

XV

Seit diesem Tag hat sich vieles verändert.
Berenice ist gestorben. Schlaganfall im Bett. Ein einsamer Tod. In der Hand hatte sie noch das Telefon, mit dem sie um Hilfe rufen wollte.
Es muß um jene Stunde herum passiert sein, als Jonas damit beschäftigt gewesen war, den Fisch auszuweiden. Obwohl die Vierundsechzigjährige keineswegs so krank gewesen war, daß er nicht mit blütenreinem Gewissen an die Küste hätte fahren können, macht er sich ohne Ende Vorwürfe. Jeder Trost, jede Vernunft prallt an ihm ab. Jonas fühlt sich schuldig. Obwohl, aber das wagt niemand laut auszusprechen, die Sache zweifellos ihr Gutes hat. Angelo kann endlich bei ihm einziehen. Zum Beispiel. Nachdem er noch zwei Nächte in Eris Wohnung verbringen durfte. Im Grunde sind alle außer Jonas froh um jene Entwicklung.

– *Daß eine Mutter ihrem Sohn sowas antun kann.* (Eri)

– *Besser als zehn Jahre Siechtum.* (Liz)

– *Hoffentlich verändert sich Jo nicht dauerhaft.* (Angelo)

Die Kurzform *Jo* reimt sich schön auf Angelo, und Angelo hat begonnen, Liebesgedichte an den Freund zu verfassen. Die Post hat Eris Vater noch nicht zugestellt.
Dessen ungeachtet überlegt Liz, denn allerspätestens morgen *muß* der Karton ja eintreffen, die Situation, die Konstellation vielmehr, zu nutzen, Eris toten Vater in den Sarg von Jonas' Mutter zu schmuggeln, irgendwie. So bekäme er eine ordentliche Erdbestattung, dazu in weiblicher Gesellschaft.
Eri weiß nicht, ob der Vorschlag ernst gemeint ist oder zu schrägem Humor entsprungen. Selbst Liz weiß es nicht. Die Sache erledigt sich allerdings von selbst, weil das Begräbnis stattfindet, die Post jedoch nicht rechtzeitig liefert.

Als Berenice Kwambo ihr zweites Kind bekam, eine Tochter, dachte sie lange über einen geeigneten Namen nach, bis einer ihrer Verwandten, der letzte noch lebende ihrer einst zahllosen afrikanischen Onkel, in irgendeinem Zusammenhang *Foalla* erwähnte. Berenice fand den Namen klangvoll. Ihr erstes Kind hatte sie, widerwillig, nach dessen Großvater *Jonas* getauft, aufgrund eines abgepreßten Totenbettversprechens, dies näher zu erläutern würde ausufern.
Foalla wuchs heran, war durchaus talentiert, fand leider nie heraus, wofür. (Aquarellmalerei wäre es gewesen! Nichts sonst!) Sie stand unter dem Schatten eines fleißigen,

dabei viel weniger gewitzten großen Bruders. Als faul und rebellisch geltend, investierte sie oft mehr Mühe in die Suche nach einer glaubhaften Ausrede, als die vermiedene Arbeit sie gekostet hätte.
Nach dem Krebstod ihres Mannes zog Berenice die beiden Kinder alleine auf, litt aber selbst unter einer Stoffwechselkrankheit, die sie viele Stunden des Tages ans Bett band, was zur Folge hatte, daß der frühreife Jonas einen Großteil der Haushaltsführung übernahm. Foalla wehrte sich gegen ihren zwei Jahre älteren Bruder mit allen Mitteln. Erfolgreich. Schlimme Szenen. Jonas reagierte beinahe erleichtert, als Foalla mit fünfzehn das Haus verließ. Indem er sich später um den drogensüchtigen Angelo kümmerte, versuchte er sicher auch einiges nachzuholen, was er an seiner Schwester versäumt hatte. Oder versäumt zu haben glaubte.

Foalla durchlebte alle Stationen, die zu einer ordentlich schiefen Bahn gehörten, geriet früh an Drogen, an gewissenlose Männer, kriminelle Kreise, überlebte oft nur dank jener naturgegebenen Gaben, mit denen eine Frau etwas verdienen kann, wenn sonst nichts mehr geht, dann endlich eine Liebe, die ihr da raushalf, die quasi kommen mußte, ansonsten ihre Geschichte schnell zu Ende gewesen wäre, undsoweiter. Foalla, um einiges hellhäutiger als ihr Bruder, hätte, wäre sie zwei Zentimeter größer gewesen, eine Karriere als Model machen können. Das ist für sich genommen nicht besonders interessant. Irgendwo muß man die Grenze eben ziehen, und Foalla reichte bis auf zwei Zentimeter heran an jene sinnlos strikte Grenze, die ihr Leben von dem trennte, was man *Glück ohne Aufwand* nennt. Dennoch sei es nebenbei erwähnt, denn, selbst schon im Klammergriff härtester Rauschgifte, suchte sie einen Sündenbock für ihr zu kurz geratenes Dasein, machte ihrer Mutter Berenice den (allerdings nie laut geäußerten) Vorwurf, während der Schwangerschaft *geraucht* zu haben. Das wars gewesen. In Rauch aufgelöste zwei Zentimeter bis zum Glück.

Einmal von zuhause abgehauen, hatte sie nie wieder Kontakt zur Familie gesucht. Bis auf jenen kurzen Brief an ihren Bruder, vom April. Keine Adresse, nur eine Nummer. *Ich bin am Leben. Mir geht es soweit gut, ich sehe jetzt einiges mit anderen Augen. Ich bin erwachsen, die wilden Zeiten sind vorbei. Wollen wir uns mal sehen? Ruf mich an.*

Jonas hatte nicht gleich geantwortet, war zuviel mit Angelo beschäftigt. Er zögerte die Antwort monatelang heraus, zu unsicher, inwieweit er sich mit seiner verlorengegangenen Schwester erneut einlassen wollte. Seiner Mutter hatte er von Foallas Lebenszeichen nichts gesagt, um sie nicht unnötig aufzuregen. Ihren Tod der Schwester telefonisch mitzuteilen war schließlich der passendste Anlaß gewesen, den Kontakt wiederherzustellen.

So, nach über neun Jahren, treffen sich die Geschwister im Sterbezimmer der Mutter.

– *Hi.*

– *Hi.*

– *Wie lange war ich nicht mehr hier? Neun Jahre?*

– *Kann hinkommen. Du siehst gut aus. Was hast du getrieben, all die Zeit?*

Foalla berichtet nur das Notwendigste. Inzwischen hat sie einen Job bei der Post, sie findet das, weil es ihren ersten legalen Broterwerb darstellt, erwähnenswert. Jonas nickt.

– *Bist du verheiratet?*

– *Ich hab nen festen Freund, der arbeitet auch bei der Post. Allerdings liegt er grade im Krankenhaus.*

– *Was hat er denn?* will Jonas wissen und Foalla erzählt die Geschichte, wie Arthur, ihr Freund, den Lastwagen in den Graben gesetzt hat, ein wenig angetrunken, weswegen ihm jetzt die Kündigung drohe, dennoch, er habe Glück im Unglück gehabt, das sei kurz vor der Steilküste passiert, der Wagen sei nicht tief gestürzt und habe erst Feuer gefangen, nachdem Arthur herauskriechen konnte. Mit einem doppelten Beinbruch! Ob er schon Geld gefunden habe?

– *Hm?* Jonas ist der Übergang zu übergangslos, er muß einen Moment nachdenken. Aufholen, sozusagen.

– *Welches Geld denn? Mama hatte doch nie Geld.*

– *Biste sicher?*

Selbstverständlich ist Jonas sicher, er muß es ja wissen,

er allein weiß, wie knapp sie in manchen Jahren über die Runden kamen, gerade eben so, haarscharf am Hungertuch vorbei.

– *Ich weiß, daß sie Geld hatte.* Insistiert Foalla.

– *Ach, komm ... Wollen wir in so einem Moment wirklich ...*

– *Ich weiß es. Es gab eine Lebensversicherung, die hat sie ausgezahlt bekommen, nach Daddys Tod. Und versteckt hat sies.*

– *Wo soll sie es denn versteckt haben? Das glaub ich nicht. Sie hätte mir irgendein Testament hinterlassen.*

– *Sie wollte nicht, daß du das Geld bekommst.*

– *Was?* Jonas rückt ein Stück weit weg von seiner offensichtlich geisteskranken, und zwar hübschen, insgesamt aber doch widerlichen Schwester. Die grinst ihn nur an und wechselt in die Küche hinüber.

– *Brüderchen, mach du mir mal nen Kaffee, ich mach die Geschichte kurz, sie hat wohl in deinen Sachen gekramt und meinen Brief an dich gefunden, und sie hat mich angerufen, wir haben geredet, vor drei Tagen. Sie war sehr aufgebracht, hat mich ihren Liebling genannt und dich hat sie beschimpft und verdächtigt, du würdest sie langsam, aber sicher vergiften, und du seist vom anderen Ufer, Briefe hat sie mir vorgelesen, von einem gewissen Angelo, Stellen, die – also ehrlich –, ich mußte lachen, und belügen würdest du sie und alleine lassen und vernachlässigen. Ich hab gesagt, das interessiert mich nicht, Mutter. Ich will*

nicht, daß du mir Briefe vorliest, in denen es um die Verdämlichung meines Bruders geht bzw. seiner Rosette, das ist mir peinlich. Geht mich nichts an. Will ich nichts zu tun haben damit.
Da sagte sie mir, ich solle kommen und sie trösten. Machst du Kaffee oder nicht?
Jonas öffnet, allerdings langsam und mit unsicheren Handgriffen, die Dose Pulverkaffee und füllt Wasser in den Schnellerhitzer.
– Sie sagte, sie habe solche Sehnsucht nach mir, und du seist so ein Tölpel und voller Boshaftigkeit, und von dir habe sie nie einen Enkel zu erwarten, und als sie dann hörte, daß ich ehrbar geworden bin und mit einem festen Freund zusammen, da nannte sie mich ihr verlorenes Schäfchen, ihr Häschen, ich solle doch kommen, herbeihoppeln, ich würde auch sicher nichts bereuen. Wie das denn gemeint sei, hab ich sie gefragt, und sie sagte, naja, sie sterbe doch sicher bald – ich nehme nicht an, daß sie ahnte, wie bald – egal, also sie sagte, sie sterbe ja bald und habe noch etwas Erspartes und sie wolle nicht, daß, wie sagte sie das – ich will nicht, daß das dein warmer Bruder bekommt, nein, das ist für dich, wenn du mal 'n Kind hast, Kind. Ich sag: Ach, jetzt soll ich mich dir zuliebe schwängern lassen, Mutter, damit dein Leben ein bißchen angefüllt wird, ja? Und sie: Du wirst es nicht bereuen, es wird sich für dich lohnen. Da sag ich: Wo willst du denn Kohle herhaben, Mutter, woher denn? Drauf sie: Von der Lebensversicherung. Der Lebensversicherung deines Vaters. Das Wasser hat gekocht.

Jonas stutzt, sieht sich um. Ja, das Wasser hat gekocht. Er holt zwei Tassen aus dem Schrank.
– *Also, Bruder, sie erzählt mir von den Schritten, die sie nachts hört, den Einbrechern und Gespenstern und daß du sie nie ernst genommen hast und daß sie das Geld für mich versteckt hat, an einem sicheren Ort, und ich müsse ihr versprechen, sie zu besuchen oder ein Kind zu bekommen, eins von beidem, dann zeige sie mir das Versteck. Weißt du, Bruder, in dem Moment kam soviel von früher hoch, ich wollte sie nicht verarschen oder einen Jux machen, ich wollte ihr weh tun. Also sag ich, Mutter, du meinst doch nicht etwa das Versteck hinterm Ziegelstein? Das hab ich längst ausgeräumt, schon vor neun Jahren, als ich weg bin, da ist nichts mehr dahinter, Mutter. Weißt du, ich hab sie damals nämlich beobachtet, als sie die Geldtüte in die Höhlung schob und den Ziegelstein wieder einpaßte, ich muß sechs oder sieben gewesen sein, es war nachts, da hab ich sie beobachtet. Und hab immer gewußt, wo ihr Versteck lag. Sie hat den frischen Mörtel mit dem Fön getrocknet. Ach, das hat Spaß gemacht. Ihr das zu sagen. War natürlich gelogen, ich hab ihr Scheißgeld nie angerührt.*

– *Was hat sie dann gesagt?* Jonas füllt Kaffeepulver in den Filter und gießt das heiße Wasser drüber.
– *Nichts mehr. Da hab ich irgendwann aufgelegt.*
Das Geräusch des in die metallene Kanne plätschernden Kaffees ist alles, was für Minuten zu hören ist.

– *Und wo soll dieses Versteck sein?*

– *Fifty-fifty?*

Jonas nickt. Foalla deutet auf die Wand unterhalb der Spüle, dort ist unverputztes Mauerwerk zu sehen. Ob er Hammer und Meißel habe? Sie würde das liebend gerne machen, er dürfe aber auch mal hauen.

XVI

– Willst du schon aufstehen?

– Ich bin es so gewohnt. Morgens mache ich fast immer einen Spaziergang, am Meer.

– Das ist sicher gesund, ja. Na gut, gehen wir spazieren. Am Meer.

Das Meer, erklärt Carl-Martin, sei das einzige, was er immer betrachten könne, ohne jemals das Gefühl zu bekommen, dessen überdrüssig zu werden oder das dahinterliegende Geheimnis auch nur ansatzweise zu begreifen. Wiewohl er doch das Gefühl habe, das Meer wolle ihm väterlich oder auch mütterlich, in jedem Fall zärtlich sagen, daß gar kein Geheimnis existiere, das Komplizierte sei kompliziert, weil es sich hinter seiner Schlichtheit tarne, daß alles selbst für ein Kind zu begreifen, aber eben groß und unübersichtlich sei, und wohin man auch schaue, habe das Wasser eine neue Welle zu bieten, neuen Schaum, und kein Maler jemals habe Zeit genug, auch nur einen einzigen all dieser Wellenkämme in seinen Einzelheiten, so wie er ist, oder auch nur ähnlich, auf die Leinwand zu bannen …

– *Du redest vielleicht einen Quatsch daher*, meint Carmen, *dafür gibts ja Fotografen! Aber deine Stimme ist so schön wie früher, so voll und dunkel und tief* ...

Es ist ein schlichtes Begräbnis, morgens, bei leichtem Nebel. Wenige Menschen sind gekommen. Jonas überreicht der wiedergefundenen Schwester eine Rose. Sie möge sie auf den Sarg jener Frau werfen, die während der Schwangerschaft geraucht hat. Foalla nimmt die Rose. Zuerst widerstrebend, dann im Gefühl, das sei egal und nichts als eine leere Geste, die niemandem weh tut.
Im Hintergrund Getuschel. Liz und Eri haben sich gegenseitig drauf aufmerksam gemacht. Die hübsche Schwester von Jonas, wie heißt sie noch? Ein seltsamer Name, jedenfalls, die kenn ich doch irgendwoher, sagt Liz, und Eri pflichtet ihr bei, ihr käme sie auch bekannt vor.
Der Friedhof steht voll schmaler, geometrisch exakt gepflanzter Birken, was ihm etwas Bürokratisches gibt. Mehr Einlagerungs- als Endlagerungsstätte. Jonas wirkt gefaßter, als man befürchten mußte. Seine tote Mutter, erzählt er in die Runde, hat ihm und seiner Schwester eine erstaunliche Summe Geld hinterlassen, von der nie die Rede gewesen war, Jonas kann jetzt den Job im Pornokino aufgeben und ein neues Studium beginnen. Oder eine kleine Plattenfirma gründen. Wovon er immer geträumt hat. Angelo kann ihm den Haushalt führen, muß nicht länger Chicken-Burger in der Vorstadt braten. Das alles

ist so schön und doch wahr. *Traurig,* sagt Eri, *daß erst jemand dafür sterben muß.*

– *Aber logisch.* Sagt Liz Stunden später auf dem Heimweg in der Trambahn.
– *Wieso?*
– *Stimmt doch. Sterben schafft Platz.*
– *Das klingt herzlos, wie du das sagst.*
– *Schau doch nur mal dich an! Die privilegierte Art wie du lebst, die verdankst du dem Tod deines Vaters. Guck nicht so. Der Mensch hängt an vielem – aber im Grunde begrüßt doch jeder, daß alles irgendwann abtreten muß, Platz machen muß. Ich finde, man soll sein Leben anlegen auf sechzig gute Jahre, froh sein, wenn man die erreicht, und dann abgehen wie Hemingway.*
– *Wer?*
– *Flinte in den Mund und peng. Was mich betrifft, ich werd es mal so machen. Kannst mich dran erinnern. Wenn wir dann noch zusammen sind.*
Eri schweigt. Was Liz da von sich gibt, klingt hart. Warum schon mit sechzig? Warum nicht mit siebzig? Sofern man gesund ist. Aber gut – das sind Detailfragen.
– *Angenommen, wir* wären *noch zusammen, wenn du sechzig bist. Würdest du dich dann auch erschießen?*
– *Nö. Dann würde ich allenfalls* uns *erschießen.*
– *Wie – auch mich? Auch gegen meinen Willen?*
– *Wär das für dich nicht in Ordnung?*

– Äh. Du kannst sowas doch nicht über meinen Kopf hinweg entscheiden.
– Gut, hast recht, ich würde dich vorher fragen.
– Und wenn ich nein sage?
– Dann wär ich enttäuscht. Weißt du, Eri, falls es dir noch niemand gesagt hat: Wir verrecken, wir alle. Ist aber nicht schlimm. Egal, woran man glaubt. Wenn man zu zweit ist, ist nicht das Sterben das Problem, die Trauer ist das Problem. Dem einen kann man nicht ausweichen, dem anderen schon.

Eri, die so weit auf Vorrat zu denken nie gelernt hat, zeigt sich halb beeindruckt, halb bedrückt. Es erscheint ihr unheimlich, um nicht zu sagen: arrogant, das eigene Leben, man hat ja nur eines (vermutlich), einem so durchstrukturierten Plan zu unterwerfen. Aber die Wucht des Themas, dazu Liz' strenge, entschiedene Haltung – das hat was. Macht Gänsehaut.
Man könnte noch viel tiefer denken, das wird ihr bewußt. Und an wie wenig sie bisher gedacht hat, wie planlos sie gelebt hat. Eri schwebt auf Wolken, die Schwerkraft des Alltags fängt sie bald wieder ein, dazu genügt ein Gedanke an den Vater, wie er, den Kopf auf den Knien, die Arme um die Unterschenkel gekreuzt, in seiner Kiste hockt. Seine leeren, traurigen Augen hinter der Sonnenbrille. Eine kostspielige Sonnenbrille. An den Ohrläppchen mit Sekundenkleber befestigt.

Während der folgenden Tage versucht Liz sich auf ihre Doktorarbeit zu konzentrieren.
Mit geringem Erfolg. Eri wartet jeden Morgen unten am Hauseingang auf den Paketpostbus. Kehrt stets mit leeren Händen zurück, wird immer unruhiger. Was soll sie tun? Etwa einen Nachforschungsantrag stellen?
Vor Nervosität nimmt sie kaum Nahrung zu sich. Liz muntert die Freundin gelegentlich auf, mit zweifelhaften Scherzen.
– *Hätte nicht gedacht, daß ich mal all jene beneide, die ihre Leichen im Keller haben. Unsere fährt in der Weltgeschichte spazieren. Ob er Feuchtigkeit verträgt?*
– *Hör auf, bitte! Ich hätte Papa nie in fremde Hände geben sollen.*
– *Es wird ihm schon nichts zugestoßen sein.*
– *Woher willst du das wissen? Ich hätte nie auf dich hören sollen.*
– *Das ist ein ziemlich harter Satz, ist dir das bewußt?*
– *Ja. Jetzt ja. Tut mir leid. Ich bin nervös.*
– *Es wird alles gut.* Liz legt Eri den Mittel- auf die Ober-, den Ringfinger auf die Unterlippe.

Stan hat seinem Vater den Porsche zurückgegeben. Und seiner Mutter die üblichen Fragen beantwortet.
– *Wie sieht deine nächste Zukunft aus? Hast du eine? Wie lange läßt du dich noch hängen?*
Wann machst du endlich irgendwas aus dir? Was, auf das wir stolz sein könnten. Ein Enkelkind vielleicht?

– Ja / mal sehen / wird schon / bald / vielleicht.
Selbstmord kommt nicht ernsthaft in Frage, man würde ihm posthum vorwerfen, den toten Bruder nachzuäffen. Stan will leben, das ist das einzige, was er seinem Bruder voraushat. Stattdessen erwägt er, seine Eltern ins Jenseits zu befördern, um deren Erbe zu verprassen. Liz hat er sich aus dem Kopf geschlagen, jedoch nicht alles von ihr, er denkt oft, fast immer, genaugenommen, an jenen Monat zurück, in dem er mit ihr zusammensein durfte. Voll Dankbarkeit. Sie, so nahe, leibhaftig, ist doch der einzige Höhepunkt in seinem sonst kaum ertragreichen Dasein gewesen. Es gibt Menschen, die auf viel weniger stolz sein können.
Das, zum Beispiel, sagt er sich, ist das Schöne an der Dritten Welt.

Für ihn macht er den Drogenentzug.
Von nun an nie mehr Selbstbetrug,
Angelo liebt seinen Jo
so absolut, so viel, so froh
macht Jo den armen Angelo.

Daß er ins Sterbezimmer der toten Jonasmutter ziehen soll, macht Angelo weniger glücklich. Er ekelt sich vor den Restgeruchsnestern nach alter Frau, fürchtet ihre nächtliche Wiederkehr als strafendes Gespenst. Das Auswechseln der Matratze und der Vorhänge ändert daran nichts. Die Dreizimmerwohnung ist zu klein, um Platz zu verschwenden. Jonas besteht auf einem Refugium.

– *Dann zieh* du *doch ins Zimmer deiner Mutter. War doch* deine *Mutter.*

– *Tu ich nicht.*

– *Warum?*

– *Weil erstens* ich *hier das Sagen habe. Und zweitens genau deshalb: weil es* meine *Mutter war. Dir kann sie egal sein, du hast sie nicht gekannt.*

– *Sie macht mir aber angst.*

– *Du solltest dankbarer sein. Einfach ein bißchen dankbarer.*

– *Das ist so ein Totschlagargument. Natürlich bin ich dankbar, aber daß du glaubst, mich drauf hinweisen zu müssen, das ist soooo unromantisch.*

– *Ich biete dir ein Zimmer, und du willst es nicht, weil es mal meine Mutter bewohnt hat? Das ist beleidigend, weißt du? Unverschämt! Du kleinkriminelle Junkietucke bekommst gratis ein neues Leben und störst dich an ein paar alten Möbeln!*

– *Jo! Das meinst du doch nicht so?*

– *Und deine miserablen Gedichte, die weit unter aller Sau sind, verschon mich bitte künftig damit, okay?*

Angelo schweigt. Tränen schießen ihm über die Wangen. Jonas hat sich verändert. Es wird nie mehr so sein, wie es war, in diesem eigenartigen, schrecklich-zaubervollen Sommer.

XVII

Keine Paketpost. Seit acht Tagen.

Manchmal halten sich die Frauen aneinander fest, meistens ist es Eri, die als erste zu weinen beginnt. Liz zwingt sich hinter dicke Bücher, aber die Zeilen tanzen vor ihren Augen, als wären die einzelnen Buchstaben von Marionettenfäden befreit worden und hätten keine Lust mehr, die ihnen bestimmte Position beizubehalten.

Eri überlegt ernsthaft, die Penthousewohnung zu verkaufen und mit dem Geld ein neues Leben anzufangen, irgendwo im nicht näher befreundeten Ausland. Das Problem dabei ist nur, daß die Wohnung ihrem Vater gehört, sie kann sie nicht einfach verkaufen ohne massive Tricksereien, zu denen ihr im Moment die nötigen Nerven fehlen.

Liz wiederum überlegt, die Freundin ihrem ja doch größtenteils selbstverschuldeten Schicksal zu überlassen und selbst einigermaßen ungeschoren der Situation zu entkommen. Was sie davon abhält, ist kaum noch *Liebe* zu nennen. Ein bißchen Solidarität, Rudimente von Sympa-

thie und, mag komisch klingen in heutiger Zeit – Ehrgefühl. Man muß vielleicht ein wenig Silberfräulein sein, um dergleichen noch zu besitzen.
Wie auch immer: Ein großer Krach – und Entscheidungen stehen bevor. Nicht mehr rückgängig zu machende Entscheidungen von enormer Tragweite. Ohnmacht und Furcht lähmen, vergiften das Zusammenleben. Die Frauen sind der immerselben Fragen müde geworden. *(Ist es besser, zur Polizei zu gehen, bevor die Polizei von selbst kommt?)* Schweigen einander an. Tragen beide Kopfhörer und hören, um von der Stille nicht gefressen zu werden, eine Art Beschwichtigungsmusik. Bei Liz sind es die von der Handlung her konstruiertesten Verdiopern *(Il Trovatore, La Forza del Destino),* die ihr Befinden zu relativieren helfen. Eri hört Radio, querbeet, meist ein Programm mit bewährten Evergreens, unterbrochen von lokalen Werbespots.

– Schau mal! Am Horizont da! Ein Schwan. Auf dem Meer. Was macht denn ein Schwan auf dem Meer? So weit draußen!
Carl-Martin greift zum Fernglas.
– Nein, Liebling. Das ist nur ein weißer Karton.
– Schade. Sagt Carmen und drückt die Stirn auf seine Brust, verbirgt gegen den schneidenden Wind ihren Kopf in seinem langen, flauschigen Schal.

– *Ich bin wieder da.*
– *Das ist schön. Wie war das Begräbnis?*
– *Auch schön. Haben sie dir gekündigt?* Fragt Foalla.
– *Ich hab ausgesagt, ich habe Benzindämpfe eingeatmet, minutenlang, daher mein Promillegehalt,* flüstert Arthur und lächelt gequält, immerhin, die Post habe die Ausrede originell gefunden und in der Angelegenheit ein Gutachten bestellt, mal sehen.
Foalla tätschelt sein Haar und küßt ihn. Wenn ich ihn verlasse, denkt sie, dann jetzt. Oder nie.

Soweit der aktuelle Stand der Geschichte. Vieles scheint möglich, in der einen oder anderen Richtung. Das ist wunderbar und groß. Wie das Leben selbst. Menschen kommen und gehen, selbst Katzen verschwinden für immer. Kein Tropfen Wasser in unseren Körpern, der nicht zuvor in ungezählten anderen Dienst tat. In Menschen, Katzen, Rosen oder Pfirsichen. Sehen Sie sich das Meer an! All die entspannt hintreibenden Wasseratome, die mal Pause machen, Komparsen auf Urlaub, bevor sie erneut eingreifen müssen. Ein Buch, das nicht lügt, muß dem Leben gleichen. Irgendwann, oft ganz plötzlich, ist Schluß, der Vorhang fällt mitten auf den Gabentisch – besser, man gewöhnt sich beizeiten daran.
So. Jetzt Feierabend.

btb

Helmut Krausser bei btb

Thanatos

Roman. 544 Seiten

ISBN 978-3-442-72255-6

Konrad Johanser, Archivar des Instituts für deutsche Romantik und weltabgewandter Einzelgänger, kann das Leben in der Hauptstadt nicht ertragen, er zieht sich auf die schwäbische Alb zurück. Als er erfährt, daß die Fälschungen, die er für seinen Arbeitgeber angefertigt hat, entdeckt worden sind und man nach ihm fahndet, gerät der Urlaub zum Exil. Und der Alltag in der Provinz zur Bedrohung …

»Einer der wichtigsten Romane der letzten Jahre.«
Die Woche

Eros

Roman. 320 Seiten

ISBN 978-3-442-73675-1

Alexander von Brücken, einer der reichsten Männer der Republik, hat nicht mehr lange zu leben. Er bestellt sich einen Schriftsteller in sein schloßähnliches Anwesen, der aus seinem Leben einen Roman machen soll. Dieses Leben ist von einer einzigen, bedingungslosen Obsession geprägt: der Liebe zu Sofie. Als Sofie von Brücken abweist, verwendet der sein ganzes Geld und seine ganze Macht, um Sofies Leben zu beobachten, zu begleiten – und zu manipulieren …

»Ein ganz, ganz großes Buch!«
Daniel Kehlmann

www.btb-verlag.de